I

Vers le large

« Isabel assistait à des catastrophes et en rendait compte dans l'espoir que les gens s'en souviennent. Il essayait quant à lui de les oublier. »

Deborah Levy, *Sous l'eau*.

Je peux parler fort

Comme la plupart des lecteurs français, j'ai découvert Deborah Levy avec ces deux textes, également percutants, *Ce que je ne veux* pas *savoir*[1] et *Le Coût de la vie*[2]. Dès les premiers mots j'ai été touchée à vif et séduite par la singularité d'un ton où se mêlent fragilité et détermination, vision lucide du désastre et art de la distance, et par un merveilleux don du comique, décapant, imprévu, du côté des fous rires de l'enfance ou de l'adolescence. Car une des forces de l'écriture

1. Éditions du sous-sol, traduit de l'anglais par Céline Leroy, 2020.
2. Éditions du sous-sol, traduit de l'anglais par Céline Leroy, 2020.

de Deborah Levy est de réussir à se réaliser dans le présent de ce qu'elle nomme « *living autobiography* » sans rien perdre des échos du passé, sans trahir sa voix de petite fille née en Afrique du Sud, une voix si faible qu'elle en était inaudible, une voix rongée par le chagrin de savoir son père, membre de l'ANC, African National Congress, emprisonné – une voix muette. À son arrivée à Durban, la jeune fille de son nouveau, et provisoire, foyer lui dit : « "Maintenant, répète après moi, JE PEUX PARLER FORT.

– Je peux parler fort.

– PLUS FORT.

– Je peux parler fort.

– CE N'EST PAS FORT. Je ne te repose pas tant que tu n'auras pas crié."

J'ai tenté un petit cri. Il paraissait assez convaincant pour qu'elle me repose[1]. »

Ce que je ne veux pas *savoir* et *Le Coût de la vie* racontent de manière souvent détournée, elliptique, par le biais d'anecdotes, de rencontres fortuites, de relations aux objets et aux rêves, cette trajectoire mystérieuse, peu repérable de l'extérieur : l'émergence d'une voix, l'affirmation de *sa* voix – « Parler haut, ce n'est pas parler plus fort, c'est se sentir autorisé à énoncer un désir[2]. »

La netteté, l'énergie particulière, et particulièrement communicative, qui se dégagent des livres de Deborah Levy sont indissociables de son refus de *crier,* de son antipathie pour les messages en lettres capitales, leur volume d'expression et d'oppression. Les annonces en

1. *Ce que je ne veux* pas *savoir*, *op. cit.*, p. 68.
2. *Ibid.* p. 20.

lettres Capitales, dont l'importance s'affiche, nous font sourds à nous-mêmes comme à autrui. Alors que la fragilité, l'insécurité d'un cheminement en lettres minuscules, à pas de fourmi, un trajet qui intègre silences et non-dits, nous rend hypersensibles aux sons du monde, chants des oiseaux, bourdonnement des abeilles, rumeur des vagues, notes de jazz, refrains de chansons, fragments de poèmes, paroles errantes d'inconnus, paroles pressantes de nos proches. Se déploie ainsi tout un opéra de musiques amples ou ténues, saisies dans une attention aiguë, dans une écoute inspirée. Et, dans cet opéra dont nous sommes constitués, la voix de la mère joue, bien sûr, un rôle décisif. Selon un rapport d'opposition et même de guerre, mais aussi, en ses derniers moments, déchirants, dans l'émoi d'une réconciliation, lorsque, écrit Deborah Levy, sa mère, affaiblie par la maladie, n'a plus qu'une « toute petite voix », imperceptible, comme l'était dans son enfance sa propre voix.

Toutefois, et bien avant ce rapprochement ultime, il y eut transmission de la mère à sa fille, passation d'un savoir et d'une sagesse, dont celle-ci lui sera à jamais reconnaissante : « Merci de m'avoir appris à nager et à manœuvrer un canot à rames », déclare-t-elle dans une lettre d'amour à sa mémoire.

Sa mère lui a ainsi indiqué, très tôt, avec le bonheur sensuel de nager, un horizon d'indépendance.

Swimming home

Sous l'eau est paru en 2011 en Angleterre. Le titre original, *Swimming Home,* fait référence à *The Swimmer,* de l'écrivain américain John Cheever (une nouvelle portée à l'écran en 1968 par Franck Perry, avec le génial Burt Lancaster). *The Swimmer* est l'histoire d'un homme qui a décidé de rentrer chez lui à la nage, passant de piscine en piscine jusqu'au seuil, barré, de sa maison depuis longtemps abandonnée. Ici, dans ce roman de Deborah Levy, la nage, la piscine, l'idée de retour, la menace ou la réalité de la perdition sont bien des éléments majeurs, mais mis en scène différemment, dans un contexte et une orientation tout à fait autres.

Sous l'eau[1] nous transporte dans l'atmosphère estivale d'un séjour à Nice en compagnie d'un petit groupe d'Anglais, et l'on s'attend à passer un moment divertissant sous le signe rassurant de l'humour britannique et des vacances. C'est compter sans la persistance des thèmes qui hantent Deborah Levy, sans sa passion de questionnement, dont témoignent aussi bien son théâtre et sa poésie que ses romans et récits. Rassurer n'est pas son propos. En introduisant les personnages du poète d'âge mûr célèbre mais rongé de doutes et de la jeune poétesse en folle demande, Deborah Levy expose cette mini-société à des risques sérieux, dont l'explosion de la bulle fantasmatique à laquelle il est si banal, et tentant, de croire : le temps suspendu des vacances, la mise entre parenthèses du quotidien, le saut magique dans un coin de paradis avec pour seul programme : se distraire.

Dans *Ce que je ne veux* pas *savoir* et *Le Coût de la vie,* Deborah Levy nous associe à la conquête, à la fois tremblante et sûre, d'une voix auparavant étouf-

1. Traduit de l'anglais par Pierre Ménard.

fée. Dans *Sous l'eau,* elle nous « plonge » dans une pluralité, contrastée, discordante de voix diverses, souvent étrangères les unes aux autres, dans un chaos de mensonges et de malentendus, de désirs inavoués, d'inscriptions délirantes, dans l'impossibilité de briser les obstacles intérieurs, lesquels se manifestent par un perpétuel retour à la piscine de la villa. Un trou d'eau qui n'a rien à voir avec l'immensité bleue de la Méditerranée. Un contre-sens éclatant par rapport à l'esprit de la nage : on ne nage pas pour rentrer chez soi ou rester collé au rivage. On nage pour se détacher, respirer l'ailleurs.

La forme romanesque permet à Deborah Levy de déployer un goût du surréel et du baroque, une liberté fantasque, qui font de cette semaine niçoise un condensé à la fois drôle et tragique des infinies virtualités de l'existence.

« Le piano muet, la fenêtre qui s'ouvre comme une orange et le carnet polonais que j'avais emporté à Majorque étaient liés à mon roman qui n'était pas encore sorti à l'époque, *Sous l'eau.* Je réalisai que l'écriture de ce livre était pour moi comme une opération à cœur ouvert (pour parler comme un chirurgien) dans les questions qu'il posait : “Que fait-on d'un savoir qui nous empêche de vivre. Que fait-on de ce qu'on ne veut pas savoir [1] ?” » Tandis qu'elle regarde de sa chambre d'hôtel la neige qui tombe sur les frondaisons d'un palmier, Deborah Levy se pose une autre question, plus directe : « Devrais-je accepter mon sort ? »

1. *Ce que je ne veux* pas *savoir, op cit.*, p. 134.

Et elle continue : « Je finis par comprendre que je ne pouvais pas accepter ma question. Une femme qui écrit ne peut pas se permettre d'éprouver sa vie trop clairement. Si elle le fait, elle écrira dans la rage quand elle devrait écrire dans le calme. »

De livre en livre, Deborah Levy recueille des indices qui mènent à ce calme – là où l'écriture et la vie se rejoignent. Elle nous tient dans l'instant du mot qui se cherche, de la fenêtre qui s'ouvre.

Chantal Thomas

À Sadie et Leila,
toujours chères à mon cœur.

« Chaque matin, dans toutes les familles, les hommes, les femmes et les enfants, *s'ils n'ont rien de mieux à faire*, se racontent leurs rêves. Nous sommes tous à la merci du rêve et nous nous devons de subir son pouvoir à l'état de veille. »

La Révolution surréaliste,
n° 1 (1924)

Une route de montagne à minuit

Lorsque Kitty Finch lâcha le volant et lui dit qu'elle l'aimait, il se demanda s'il s'agissait d'une menace ou si elle voulait simplement engager la conversation. Sa robe de soie glissa sur ses épaules tandis qu'elle se penchait sur le volant. Un lièvre traversa la route et la voiture fit une embardée. Il s'entendit lui répondre :

– Pourquoi ne pars-tu pas avec ton sac à dos pour les champs de pavot du Pakistan ? N'est-ce pas ce dont tu rêvais ?

– Oui, dit-elle.

Il sentait l'odeur de l'essence. Les mains de Kitty Finch se posèrent à nouveau sur le volant, comme les mouettes qu'ils avaient contemplées deux heures plus tôt depuis leur chambre au Negresco.

Elle lui demanda d'ouvrir sa fenêtre pour qu'elle puisse entendre les appels des insectes dans la forêt. Il baissa sa vitre et la pria d'une voix douce de ne pas quitter la route des yeux.

– Oui, répéta-t-elle, les yeux à nouveau fixés sur l'asphalte.

Elle lui dit ensuite que les nuits étaient toujours « douces » sur la Côte d'Azur. Mais que les journées étaient rudes, gangrenées par l'argent.

Il passa la tête par la fenêtre ouverte et sentit l'air froid de la montagne lui mordre les lèvres. Des hommes avaient vécu aux temps préhistoriques dans cette forêt aujourd'hui traversée par l'asphalte. Ils savaient que le passé était toujours vivace au milieu des arbres et des rochers. Ils savaient aussi que le désir pouvait les déstabiliser et les rendre fous, confus, incompréhensibles.

Il savait que ce moment d'intimité avec Kitty Finch avait été un plaisir, une douleur, un choc, une expérience – mais par-dessus tout qu'il avait été une erreur. Il lui demanda une fois encore, avec insistance, de le ramener chez lui sain et sauf, auprès de sa femme et de sa fille.

– Oui, dit-elle. La vie mérite uniquement d'être vécue parce que nous espérons qu'elle ira en s'améliorant et que nous finirons tous par rentrer chez nous sains et saufs.

Alpes-Maritimes

Juillet 1994

Samedi

Vie sauvage

La piscine sur le terrain de la villa louée pour les vacances ressemblait plus à une mare qu'au bassin languide et bleu des brochures touristiques. Une mare rectangulaire, creusée dans la roche par une famille de tailleurs de pierre italiens qui vivaient à Antibes. Le corps flottait dans la partie la plus profonde du bassin, abritée par une rangée de pins parasols dont l'ombrage garantissait la fraîcheur de l'eau.

– On dirait un ours, lança Joe Jacobs en désignant d'un geste vague la surface du bassin.

Il sentait le soleil lui brûler la peau sous la chemise que son tailleur indien avait confectionnée pour lui dans un rouleau de soie grège. Son dos était en feu. Même le goudron des routes s'était mis à fondre sous les effets de la canicule de juillet.

Sa fille de quatorze ans, Nina Jacobs, se tenait au bord du bassin. Elle avait mis son nouveau maillot de bain dont le motif représentait des cerises et regardait sa mère d'un air anxieux. Isabel Jacobs était en train de déboutonner son jean, comme si elle s'apprêtait à plonger. Simultanément elle aperçut Mitchell et Laura, les deux amis de la famille qui partageaient la villa avec eux pour l'été : ils avaient posé leurs tasses de thé et se dirigeaient vers le petit escalier de pierre qui permettait d'accéder à la partie la moins profonde du bassin. Laura, une géante élancée d'un mètre quatre-vingt-dix, ôta ses sandales et s'avança dans l'eau jusqu'aux genoux. Un matelas pneumatique d'un jaune fatigué venait heurter les bords couverts de mousse du bassin, écartant les abeilles qui dérivaient à des stades d'agonie divers à la surface de l'eau.

– De quoi s'agit-il à ton avis, Isabel ?

D'où elle se trouvait, Nina voyait bien qu'il s'agissait d'une femme qui nageait complètement nue dans les profondeurs de l'eau. On distinguait son dos, ses deux bras écartés qui lui donnaient l'apparence d'une étoile de mer et ses longs cheveux qui flottaient comme des algues de part et d'autre de son corps.

– Jozef pense qu'il s'agit d'un ours, répondit Isabel Jacobs de sa voix neutre de correspondante de guerre.

– Si c'est un ours, il va falloir que je l'abatte…

Mitchell avait récemment acheté deux anciens pistolets persans au marché aux puces de Nice et était depuis lors à l'affût, guettant l'occasion de s'en servir.

Ils avaient eu une longue discussion la veille à propos d'un article rapportant qu'un ours de quatre-vingt-quatorze kilos avait quitté ses montagnes au-dessus de Los Angeles pour aller faire trempette dans la piscine d'un acteur. L'animal était en rut, d'après les services concernés de la municipalité de LA. L'acteur avait appelé les autorités. L'ours avait été endormi à l'aide d'une cartouche de sédatif avant d'être relâché dans les montagnes environnantes. Joe Jacobs s'était demandé ce que l'animal avait bien pu éprouver en étant calmé de la sorte, avant de retourner chez lui en titubant.

Avait-il retrouvé son chemin, regagné sa tanière ? Avait-il eu des vertiges, perdu la mémoire, été victime d'hallucinations ? Peut-être le barbiturique contenu dans la fléchette, désigné sous le nom de « camisole chimique », avait-il provoqué des crispations, des secousses à travers ses membres ? Avait-il au contraire aidé l'ours à surmonter le stress de la vie quotidienne et à dissiper ses tourments, au point que l'animal suppliait maintenant les autorités de lui faire parvenir de petites proies ayant elles-mêmes subi les effets de ce barbiturique ? Joe n'avait mis un terme à cette tirade qu'en sentant Mitchell lui marcher sur le pied. D'après sa longue expérience, Mitchell savait qu'il était extrêmement difficile d'obtenir que cet enfoiré de poète (connu de ses lecteurs sous les initiales de J.H.J. mais que tout le monde, à l'exception de sa femme, appelait Joe) accepte de fermer sa grande gueule.

Nina regarda sa mère s'enfoncer dans la trouble eau verte et nager en direction de la femme. Repêcher les corps boursouflés qui flottent au fil des rivières faisait apparemment partie des habitudes de sa mère. Les indices d'écoute grimpaient automatiquement lorsqu'elle était à l'antenne. Sa mère disparaissait un beau matin pour se rendre en Irlande du Nord, au Koweït ou au Liban, et réapparaissait quelque temps plus tard comme si elle était simplement allée acheter une bouteille de lait à l'épicerie du coin. La main d'Isabel Jacobs était sur le point d'atteindre la cheville de la créature pour l'instant inconnue qui flottait dans le bassin lorsqu'un violent remous agita brusquement la surface, soulevant des gerbes d'eau. Nina se précipita vers son père qui empoigna son épaule brûlée par le soleil, provoquant du même coup ses hurlements. Lorsqu'une tête émergea hors de l'eau, ouvrant la bouche pour aspirer une grande gorgée d'air, Nina eut un instant de panique et crut l'entendre rugir comme un ours.

Une femme dont les longs cheveux ruisselants descendaient jusqu'à la taille émergea du bassin et se précipita vers l'une des deux chaises longues en plastique. Elle n'avait visiblement guère plus de vingt ans mais il était difficile de s'en assurer car elle courait d'une chaise à l'autre d'un air paniqué, à la recherche de sa robe. Celle-ci était tombée sur le dallage mais nul ne lui vint en aide car tout le monde avait les yeux rivés sur son corps dénudé. Nina sentit sa tête tourner dans la chaleur étouffante. Les effluves doux-amers de la lavande parvenaient jusqu'à elle et la suffoquaient, tandis que le souffle haletant de la jeune femme se mêlait au bourdonnement des abeilles qui planaient au-dessus des fleurs desséchées. Elle se demanda si elle n'avait pas été victime d'un coup de soleil car elle avait l'impression d'être à deux doigts de perdre connaissance. Dans une sorte de brouillard elle pouvait constater que les seins de la jeune femme étaient étonnamment fermes et pleins pour quelqu'un d'aussi mince. Ses longues cuisses rejoignaient la charnière saillante de ses hanches comme les jambes des poupées qu'elle pliait et faisait pivoter dans son enfance. La seule chose qui paraissait réelle en elle était le triangle de poils dorés de son pubis qui brillaient au soleil. À sa vue, Nina croisa les bras en travers de sa poitrine et courba le dos comme si elle cherchait à effacer son propre corps.

– Votre robe est là-bas.

Joe Jacobs désignait le tas de coton bleu qui gisait sous la chaise longue. Ils l'avaient tous contemplée pendant si longtemps que cela en devenait gênant. La jeune femme ramassa la robe fripée et l'enfila par le haut d'un geste assuré.

– Merci. Je m'appelle Kitty Finch, au fait.

Pour être exact elle avait dit *je m'appelle Ki Ki Ki*, butant à plusieurs reprises sur la première syllabe avant d'arriver à prononcer son nom. Tout le monde attendait impatiemment de savoir enfin qui elle était.

Nina se rendit brusquement compte que sa mère était toujours dans le bassin. Lorsqu'elle franchit les degrés de pierre son maillot de bain était constellé d'aiguilles de pin argentées.

– Je m'appelle Isabel. Mon mari vous avait prise pour un ours.

Joe Jacobs serra les lèvres pour ne pas éclater de rire.

– Je ne parlais pas sérieusement, dit-il. Jamais je ne vous ai prise pour un ours.

Les yeux de Kitty Finch étaient du même gris que les vitres teintées de la voiture de location de Mitchell, une Mercedes garée sur le gravier devant la villa.

– J'espère que vous ne m'en voudrez pas d'avoir utilisé la piscine. Je viens d'arriver et il fait si chaud. Il y a eu une erreur dans les dates de location.

– Quel genre d'erreur ?

Laura dévisageait la jeune femme comme si celle-ci avait cherché à lui refiler un ticket de parking.

– Eh bien, je pensais m'installer ici pour deux semaines à partir de samedi. Mais le gardien…

– Vous êtes gentille d'honorer cet abruti paresseux et défoncé de Jurgen du titre de gardien…

Le simple fait de prononcer le nom de Jurgen semblait donner des boutons à Mitchell.

– Oui. Jurgen m'a dit que j'avais confondu les dates et du coup je vais perdre mes arrhes.

Jurgen était un hippie allemand dont la précision n'était pas exactement la qualité première. Il se considérait lui-même comme un homme « naturel » et avait toujours le nez plongé dans *Siddharta*, le roman de Hermann Hesse.

Mitchell brandit le doigt en direction de la jeune femme.

– Il y a pire que la perte de vos arrhes. Nous étions sur le point de vous administrer un sédatif et de vous renvoyer dans vos montagnes.

Kitty Finch se pencha et retira lentement de la plante de son pied une épine qui s'y était fichée. Ses yeux gris cherchèrent ensuite Nina, qui se cachait toujours derrière son père. Elle lui sourit brusquement.

– J'aime bien ton maillot de bain.

Ses dents de devant étaient légèrement de traviole. Ses cheveux bouclés avaient pris en séchant des reflets cuivrés.

– Comment t'appelles-tu ?

– Nina.

– Est-ce que tu trouves que je ressemble à un ours, Nina ?

Elle serra la main droite et la brandit comme une patte vers le ciel bleu dénué de nuages. Ses ongles étaient couverts d'un vernis vert foncé.

Nina hocha négativement la tête puis avala sa salive de travers et se mit à tousser. Tout le monde s'assit : Mitchell sur l'horrible chaise bleue parce que c'était la plus large et qu'il était le plus gros, Laura sur la chaise rose en osier, Isabel et Joe sur les deux chaises longues en plastique blanc. Nina se percha au bord de celle de son père et se mit à tripoter les cinq anneaux d'argent que Jurgen lui avait donnés le matin même et qu'elle avait enfilés sur ses orteils. Tout le monde était à l'ombre sauf Kitty Finch, qui s'accroupit inconfortablement sur le dallage brûlant.

– Vous n'avez rien pour vous asseoir, dit Isabel, je vais aller vous chercher une chaise.

Elle essora les pointes de ses cheveux noirs encore mouillés. Des gouttes d'eau brillèrent sur ses épaules et s'écoulèrent comme un serpent le long de son bras.

Kitty secoua la tête et rougit.

– Oh, ne vous donnez pas cette peine. Si si si s'il vous plaît. J'attends juste que Jurgen revienne et m'indique le nom de mon hôtel, puis je m'en irai.

– Mais vous allez bien vous asseoir.

Étonnée et mal à l'aise, Laura regardait Isabel qui était allée chercher une lourde chaise en bois couverte de poussière et de toiles d'araignée et la traînait vers le bassin. Elle rencontra plusieurs obstacles sur sa route : un seau rouge, un pot de fleurs brisé, deux parasols en toile fichés sur leurs socles de béton. Personne ne lui vint en aide car personne ne comprenait au juste ce qu'elle était en train de faire. Isabel, qui avait réussi à relever et à attacher ses cheveux mouillés dans un clip en forme de lis, finit par installer la chaise en bois entre sa propre chaise longue et celle de son mari.

Kitty Finch jetait des coups d'œil nerveux en direction d'Isabel, puis de Joe, comme si elle n'arrivait pas à trancher : lui offrait-on cette chaise ou était-elle obligée de l'accepter ? Elle passa une éternité à épousseter les toiles d'araignée avec le bas de sa robe avant de s'asseoir enfin. Laura croisa les mains sur ses cuisses comme si elle s'apprêtait à interroger une postulante à un emploi quelconque.

– Êtes-vous déjà venue dans la région ?

– Oui, j'y viens depuis des années.

– Avez-vous un emploi ? demanda Mitchell en crachant un noyau d'olive dans un bol.

– Plus ou moins. Je suis botaniste.

Joe caressa du doigt la petite coupure qu'il s'était faite en se rasant et lui sourit.

– On utilise beaucoup de mots étranges dans votre profession.

Sa voix était étonnamment douce, comme s'il avait eu l'intuition que Kitty Finch était choquée par la manière dont Mitchell et Laura l'interrogeaient.

– Oui, intervint Mitchell. Joe aime les mots étranges parce qu'il est poète.

Il avait prononcé cette phrase en imitant l'intonation d'un aristocrate manifestant sa stupéfaction.

Joe se rejeta en arrière dans sa chaise longue et ferma les yeux.

– Ignorez-le, Kitty. (Il parlait comme s'il avait été blessé d'une inexplicable manière.) Tout paraît étrange aux yeux de Mitchell. Curieusement, cela lui permet de se sentir supérieur.

Mitchell fourra cinq olives d'un coup dans sa bouche et recracha ensuite les noyaux en direction de Joe, comme s'il s'agissait des balles d'un minuscule pistolet.

– Entre-temps, poursuivit Joe en se penchant en avant, peut-être pourriez-vous nous dire ce que vous savez au sujet des cotylédons ?

– D'accord. (Kitty fit un clin d'œil à Nina.) Les cotylédons sont les premières feuilles qui apparaissent sur une jeune pousse.

– C'est exact. Intéressons-nous à présent à mon mot préféré… Comment décririez-vous une *feuille* ?

– Kitty, intervint Laura d'un air sévère, il y a de nombreux hôtels dans la région, vous feriez mieux d'aller en dénicher un.

Lorsque Jurgen finit par franchir le portail, ses dreadlocks argentées nouées en queue-de-cheval, il leur annonça que tous les hôtels du village étaient complets jusqu'à jeudi.

– Vous allez donc devoir rester ici jusqu'à jeudi. (Isabel avait prononcé ces mots d'un air hésitant, comme si elle avait de la peine à le croire.) Il me semble qu'il reste une chambre libre sur l'arrière de la maison.

Kitty fronça les sourcils et se cala dans sa nouvelle chaise.

– Ma foi oui. Merci. Tout le monde est d'accord ? Si ça vous dérange, dites-le-moi franchement.

Nina eut l'impression que Kitty Finch avait pensé que cela les dérangerait : le rouge lui était monté aux joues et elle avait serré les poings. Nina sentit que son propre cœur se mettait à battre à toute allure, tambourinant violemment dans sa poitrine. Elle regarda Laura qui se tordait les mains et était à deux doigts de dire que oui, cela la dérangeait. Mitchell et elle avaient fermé pour l'été leur boutique d'Euston, sachant que les vitrines déjà brisées à trois reprises au cours de l'année par des voleurs et des camés le seraient une fois encore lorsqu'ils rentreraient de vacances. Ils étaient venus dans les Alpes-Maritimes pour échapper à ce cycle absurde de réparations et de verre brisé. Elle s'aperçut qu'elle cherchait ses mots. Cette jeune femme était une vitrine qui attendait qu'on la prenne d'assaut. Et qui était d'ailleurs déjà un peu fêlée. Elle n'en était pas certaine mais il lui semblait que Joe

Jacobs comptait bien profiter de cette faille et que sa femme venait de lui prêter main-forte. Elle se racla la gorge et s'apprêta à formuler ses pensées mais celles-ci étaient tellement indicibles que le gardien hippie la coiffa sur le poteau.

– Eh bien, Kitty Ket, faut-il que je transporte tes bagages dans ta chambre ?

Tout le monde regarda vers la pièce que Jurgen désignait de son index maculé de nicotine. Deux sacs en toile bleue gisaient à droite des portes-fenêtres de la villa.

– Merci, Jurgen.

Kitty avait congédié le gardien comme s'il était son domestique. Jurgen se pencha et s'empara des sacs.

– D'où sortent ces plantes ? demanda-t-il en soulevant un vague bouquet fourré dans l'un des sacs.

– Oh, je les ai cueillies dans le cimetière, à côté du café de Claude.

Jurgen paraissait impressionné.

– Dans ce cas appelons-les « herbes de Kitty Ket ». C'est une constante historique : ceux qui découvrent de nouvelles espèces les baptisent généralement de leur nom.

– En effet…

Le regard de la jeune femme croisa celui de Joe Jacobs comme pour lui dire : « Jurgen s'obstine à m'appeler Kitty Ket. »

Interprétation d'un sourire

– Madelèèène !

C'était le gros bonhomme amateur d'armes à feu qui l'appelait. Madeleine Sheridan souleva son bras rongé par l'arthrite et lui adressa un petit signe depuis son fauteuil en rotin. Son corps était devenu un assemblage d'éléments défectueux. Pendant ses études de médecine elle avait appris qu'elle avait vingt-sept os dans chaque main dont cinq dans la paume, huit pour le seul poignet. Ses doigts abritaient également une quantité impressionnante de nerfs mais à présent le simple fait de remuer une phalange lui coûtait un effort.

Elle avait l'intention de rappeler à Jurgen, après l'avoir vu porter les bagages de Kitty Finch à l'intérieur de la villa, que ce serait son anniversaire dans six jours. Mais elle ne voulait pas avoir l'air de quémander sa présence devant ces touristes anglais. Peut-être était-elle déjà morte et avait-elle assisté à l'arrivée dramatique de la jeune femme depuis l'Autre Monde ? Quatre mois plus tôt, en mars, alors que Kitty Finch résidait seule dans la villa touristique (apparemment dans le but d'étudier les plantes de montagne) elle avait dit à Madeleine Sheridan qu'un peu d'air ferait du bien à ses tomates et lui avait proposé d'éclaircir leur feuillage. Elle s'était aussitôt mise à l'ouvrage, en chantonnant à voix basse pendant toute l'opération : ka ka ka, toute une série de consonnes qui formaient une mélodie disgracieuse sans parvenir à franchir ses lèvres. Madeleine Sheridan, qui estimait que les êtres humains doivent en passer par de terribles épreuves avant de se résoudre à sombrer dans la folie, lui avait intimé d'une voix ferme de bien vouloir cesser. De bien vouloir, *immédiatement*, cesser. D'émettre ce bruit. C'était samedi aujourd'hui et le bruit était revenu la pourchasser en France. On lui avait même proposé de loger dans la villa.

– Madelèèène, je prépare un rôti de bœuf pour le dîner… Voulez-vous vous joindre à nous ce soir ?

Malgré le soleil elle parvint en regardant dans sa direction à entrevoir le dôme rose du crâne dégarni de Mitchell. Madeleine Sheridan, qui avait un faible pour la viande de bœuf et se retrouvait souvent seule le soir, se demanda si elle allait avoir le courage de décliner l'invitation. Elle finit par se dire que oui. Lorsque des couples invitent des célibataires ou des âmes en peine à dîner, c'est rarement par grandeur d'âme. C'est au contraire un prétexte pour se donner en spectacle devant eux. Et lorsqu'ils ont fini leur numéro, ils ne se gênent pas pour faire comprendre à leurs invités qu'il est temps de déguerpir. Les couples n'ont qu'une hâte : en revenir à leur grande occupation, qui consiste à détruire méthodiquement le partenaire de leur vie tout en feignant de le soutenir et de défendre au mieux ses intérêts. Les célibataires qu'ils invitent ne sont qu'une parenthèse, un simple divertissement dans le cadre de cette tâche éreintante.

– Madelèèène…

Mitchell paraissait plus anxieux qu'à l'ordinaire. Il lui avait dit la veille qu'il avait aperçu Keith Richards en train de boire un Pepsi à Villefranche-sur-Mer et qu'il mourait d'envie de lui demander un autographe. Il ne l'avait finalement pas fait parce que, selon ses propres termes, « cet enfoiré de poète m'accompagnait et m'a menacé de me défoncer le crâne si je me comportais de manière aussi lamentable ».

Mitchell l'avait amusée, avec ses bras flasques et roses comme des crevettes, lorsqu'il avait ajouté avec un regard sombre que Joe Jacobs n'était pas le genre de poète à rester plongé dans la contemplation de la lune et qu'il était plutôt baraqué. Il était probablement capable de soulever une armoire avec ses dents. Surtout s'il y avait une jolie femme à l'intérieur. Lorsque les touristes anglais étaient arrivés, deux semaines plus tôt, Joe Jacobs (il signait ses livres J.H.J. mais elle n'avait jamais entendu parler de lui) avait frappé à sa porte pour lui emprunter du sel. Il portait un costume en tweed alors que c'était le jour le plus chaud de l'année : lorsqu'elle le lui avait fait remarquer il lui avait répondu que c'était l'anniversaire de sa sœur et qu'il mettait toujours un costume ce jour-là, par égard pour elle.

Cette remarque l'avait laissée perplexe, peut-être parce qu'elle pensait à son propre anniversaire. Son costume semblait plus convenir à des funérailles mais il était si charmant, si prévenant, qu'elle lui avait demandé s'il voulait goûter le potage aux amandes d'Andalousie qu'elle venait de préparer. Après qu'il eut murmuré : « Quelle délicate attention, ma chère », elle en avait versé une bonne ration dans son bol en céramique préféré et l'avait invité à le boire sur son balcon. Un terrible événement s'était alors produit. Il avait bu une gorgée de potage et senti que quelque chose restait coincé entre ses dents. Il n'avait pas tardé à découvrir qu'il s'agissait d'un cheveu à elle, un petit fil argenté qui avait atterri Dieu sait comment dans le bol. Cela l'avait mortifiée sans qu'elle parvienne à en comprendre la raison, même après s'être excusée. Ses mains à lui s'étaient mises à trembler et il avait repoussé le bol avec une telle violence que le potage avait giclé sur son ridicule costume à rayures, à la veste doublée de soie rose. Elle s'était dit qu'un poète aurait pu se comporter autrement. Il aurait pu lui dire, par exemple, qu'il avait eu l'impression en dégustant son potage « de boire du nectar de nuage ».

– Madelèèène.

Mitchell n'arrivait même pas à prononcer correctement son nom. Peut-être parce qu'il était lui-même affublé d'un prénom ridicule. L'idée de devoir partager son existence avec Kitty Finch l'avait visiblement plongé dans un état de panique, ce qui n'était guère surprenant. Elle plissa les yeux, contemplant avec délectation ses horribles pieds nus. C'était un tel bonheur de ne pas avoir à porter de chaussures, sans parler des chaussettes. Au bout de ces quinze années de vie en France, coupée comme elle l'était de son pays natal et de sa langue maternelle, c'était encore le plaisir de rester les pieds à l'air qu'elle appréciait le plus. Elle pouvait fort bien se passer du succulent rôti de bœuf que préparait Mitchell. Du reste ce serait faire preuve d'un courage frisant la folie que de passer la soirée en compagnie de Kitty Finch, qui feignait de ne pas l'avoir vue. En cet instant précis, elle s'était mise à ramasser des pommes de pin autour du bassin en compagnie de Nina comme si sa vie en dépendait. Il n'était pas question que Madeleine Sheridan, à six jours de son quatre-vingtième anniversaire, aille tenir le rôle de la digne vieille dame invitée à la table des touristes. Cette table que Jurgen avait achetée au marché aux puces, qu'il avait ensuite passée à la cire d'abeille et enduite de paraffine. Et cela en tenue d'Adam ou presque, à cause de la canicule. Elle n'avait pu que détourner les yeux en le voyant transpirer de la sorte, à peine protégé par ce qu'elle appelait pudiquement ses « sous-vêtements ».

Un aigle planait dans le ciel. Il avait aperçu la souris qui courait à travers les herbes hautes du verger.

Elle déclina en s'excusant l'invitation de Mitchell, mais celui-ci ne parut pas l'entendre. Il suivait des yeux Joe Jacobs qui avait disparu dans la maison pour aller chercher un chapeau. Kitty Finch s'apprêtait visiblement à entraîner le poète anglais dans une promenade afin de lui montrer les fleurs de la région. Madeleine Sheridan n'en était pas tout à fait sûre mais il lui avait bien semblé que la jeune femme avec son halo de cheveux roux embrasés par le soleil lui avait adressé un sourire.

Pour utiliser le langage des correspondants de guerre – ce qui était après tout le métier d'Isabel Jacobs, elle ne l'ignorait pas – on aurait pu dire que Kitty Finch lui avait adressé un sourire empreint d'une évidente hostilité.

La leçon de botanique

Des pancartes indiquaient dans tous les coins que le verger était une propriété privée mais Kitty Finch insista en disant qu'elle connaissait le fermier et que personne ne lâcherait de chiens sur eux. Depuis vingt bonnes minutes elle n'arrêtait pas de lui montrer des arbres qui, selon elle, « ne se portaient pas très bien ».

– Vous ne remarquez donc que ceux qui sont en mauvaise santé ?

Joe Jacobs se servait comme d'une visière de ses mains constellées de piqûres de moustiques et fixait les yeux gris étincelants de la jeune femme.

– Oui, dit-elle, ce doit être ça.

Il était certain d'avoir entendu un animal émettre un grognement dans l'herbe et lui dit qu'il devait s'agir d'un chien.

– Ne vous souciez donc pas de ça. Ce fermier possède deux mille oliviers dans la région de Grasse. Il est bien trop occupé pour lancer ses chiens à notre trousse.

– Tous ces oliviers doivent en effet manger une grande partie de son temps, marmonna Joe.

Ses cheveux noirs dont les boucles viraient désormais au gris retombaient en désordre sur ses oreilles et son chapeau de paille cabossé n'arrêtait pas de glisser. Kitty devait sans cesse courir derrière lui pour le ramasser.

– Oh, dit-elle. Deux mille arbres, ce n'est pas grand-chose…

Elle se pencha pour examiner les fleurs sauvages qui poussaient entre les herbes blanches dont les tiges lui arrivaient aux genoux.

– Ce sont des *Bellis perennis*. (Elle arracha une poignée de pétales qui ressemblaient à des marguerites et les fourra dans sa bouche.) Chaque plante appartient à une sorte de famille.

Elle plongeait le visage dans les fleurs qu'elle empoignait et les désignait par leurs noms latins. Il était impressionné par la douceur avec laquelle elle tenait les plantes dans sa main et parlait d'elles, avec une sorte de proximité, d'intimité, comme si elles formaient en effet une famille avec ses multiples problèmes et ses qualités propres. Elle lui déclara soudain que ce qu'elle désirait le plus au monde, c'était d'aller voir les champs de pavot du Pakistan.

– En fait, avoua-t-elle avec une certaine nervosité, j'ai écrit un poème à ce sujet.

Joe se figea sur place. Telle était donc la raison de sa présence.

Les jeunes femmes qui lui tournaient autour et voulaient qu'il lise leurs poèmes – il était convaincu désormais qu'elle faisait partie du lot – commençaient toujours par lui dire qu'elles avaient écrit quelque chose sur un thème inhabituel. Ils marchèrent un moment côte à côte, creusant un chemin à travers les herbes hautes. Il attendait qu'elle parle, qu'elle lui présente sa requête, lui dise à quel point elle avait été marquée par ses livres, lui explique comment elle avait réussi à retrouver sa piste et lui demande enfin si cela ne le dérangeait pas, *s'il vous plaît*, de bien vouloir lire la modeste tentative que son œuvre lui avait inspirée.

– Vous avez donc lu tous mes livres et m'avez suivi jusqu'en France, dit-il brusquement.

Le rouge envahit à nouveau les joues et le cou élancé de la jeune femme.

– Oui. Rita Dwighter, la propriétaire de la villa, est une amie de ma mère. Elle m'a dit que vous l'aviez louée pour l'été. Elle m'autorise à l'occuper gratuitement en dehors de la saison. Je ne pouvais pas rester parce que vous l'aviez ac ac ac ac accaparée.

– Mais nous sommes en juillet, Kitty. En pleine saison estivale.

Elle avait l'accent du nord de Londres. Ses dents de devant étaient de traviole. Quand elle ne bégayait pas et ne rougissait pas elle ressemblait à une poupée de cire, née dans les profondeurs d'un sombre atelier vénitien. Elle était peut-être bien botaniste, mais ne passait visiblement pas beaucoup de temps à l'extérieur. Celui qui l'avait fabriquée n'était pas un manchot. Elle savait nager, pleurer, rougir et se servir de termes comme « accaparer ».

– Allons nous asseoir à l'ombre.

Il désignait un grand arbre entouré de petits rochers. Un pigeon brun et dodu était comiquement perché sur une branche minuscule qui était à deux doigts de céder sous son poids.

– D'accord. Il s'agit d'un nooo noiii noisetier, en fait.

Il s'avança avant qu'elle ait achevé sa phrase et s'assit, le dos calé contre le tronc de l'arbre. Voyant qu'elle hésitait à venir le rejoindre, il tapota le sol à sa droite, dégageant les brindilles et les feuilles jusqu'à ce qu'elle vienne s'asseoir à son tour, lissant sur ses genoux sa robe de coton bleu délavée. Sans l'entendre vraiment il sentait son cœur battre sous la minceur du tissu.

– Quand j'écris des poèmes, dit-elle, je pense toujours que vous les entendez.

Une clochette tintait dans le lointain. On aurait dit celle d'une chèvre broutant quelque part dans le verger et progressant au milieu des herbes hautes.

– Pourquoi tremblez-vous ?

Ses cheveux sentaient le chlore.

– J'ai arrêté de prendre mes pilules et mes mains tremblent un peu.

Kitty se colla brusquement contre lui. Il se demanda comment interpréter son geste mais s'aperçut soudain qu'elle avait voulu éviter une colonne de fourmis rouges qui rampaient sous ses mollets.

– Pourquoi prenez-vous des pilules ?

– Oh, j'ai décidé d'arrêter pendant quelque temps. Vous savez… c'est presque un soulagement de se sentir à nouveau mal en point. Je ne ressens plus rien quand je prends ces pilules.

Elle chassa d'un geste les fourmis qui partaient à l'assaut de ses chevilles.

– J'ai écrit un poème là-dessus… Il s'intitule « La Cueillette des roses sous Seroxat ».

Joe fouilla dans sa poche pour en extirper un carré de soie verte et se moucha.

– Qu'est-ce que le Seroxat ?

– Vous le savez bien.

Il avait toujours le nez plongé dans son mouchoir de soie.

– Redites-le-moi quand même, lança-t-il d'une voix nasillarde.

– Le Seroxat est un antidépresseur très puissant. J'en prends depuis des années.

Kitty regarda le ciel qui venait s'écraser contre les montagnes. Sans s'en rendre compte, Joe avait saisi sa main tremblante et la serrait fermement contre sa cuisse. Elle avait le droit d'être outrée par sa question. Le fait de lui tenir la main était une manière de reconnaître en silence qu'il savait qu'elle l'avait lu car il avait raconté à ses lecteurs avoir pris des médicaments de ce genre pendant son adolescence. À l'âge de quinze ans il s'était légèrement entaillé le poignet avec une lame de rasoir. Rien de bien méchant, une simple expérience. La lame était froide et tranchante. Son poignet était doux et chaud. Ils n'étaient pas censés s'associer de la sorte mais c'était un simple jeu d'adolescent, chiche ou pas chiche. Il avait été chiche. Le médecin, un vieux Hongrois aux oreilles hérissées de poils, n'avait pas mis cela sur le compte d'une erreur comme il s'en produit tous les jours. Il lui avait posé des questions. La biographie, le roman familial, voilà ce qui intéressait ce médecin hongrois.

Des noms, des lieux, des dates. Les prénoms de sa mère, de son père, de sa sœur. La langue qu'ils parlaient et l'âge qu'ils avaient lorsqu'il les avait vus pour la dernière fois. En guise de réponse, Joe Jacobs s'était évanoui dans la salle de consultation et ses années d'adolescence s'étaient donc déroulées dans le calme d'un sempiternel brouillard pharmaceutique. Ou comme il l'avait suggéré dans son plus célèbre poème, désormais traduit en vingt-trois langues : une mauvaise fée a conclu un pacte avec moi, « confie-moi ton histoire et je te donnerai les moyens d'en sortir ».

Lorsqu'il se tourna pour la regarder le rouge s'était retiré de son visage et ses joues étaient mouillées.

– Pourquoi pleurez-vous ?

– Tout va bien. (Elle parlait d'une voix neutre.) Je suis heureuse de ne pas avoir à dépenser de l'argent pour loger dans un hôtel mais je ne m'attendais pas à ce que votre femme me propose d'occuper cette chambre libre.

Trois mouches noires se posèrent sur le front de Joe mais il ne relâcha pas la main de Kitty pour les chasser. Il lui tendit le carré de soie qui lui servait de mouchoir.

– Essuyez-vous.

– Je ne veux pas de votre mouchoir. (Elle jeta le carré de soie sur ses genoux.) Et je déteste qu'on me dise de m'essuyer. Comme si j'étais un sol à récurer.

Il lui semblait bien que cette repartie provenait de l'un de ses poèmes. La citation n'était pas littérale mais suffisamment ressemblante. Il repéra une égratignure en travers de sa cheville gauche et elle lui dit que c'était à cet endroit que sa femme l'avait agrippée dans la piscine.

La chèvre se rapprochait. La clochette tintait à chacun de ses mouvements. Quand elle s'immobilisait, le bruit cessait. Cela le mettait mal à l'aise. Il s'empara d'un petit grillon vert posé sur l'épaule de la jeune femme et le déposa dans sa paume ouverte.

– J'imagine que vous avez écrit quelque chose et que vous aimeriez que je le lise. C'est bien ça ?

– Oui, dit-elle. C'est un simple poème. (Elle parlait à nouveau d'une voix neutre. Elle relâcha le grillon et le regarda sautiller dans l'herbe avant de disparaître.) Une conversation que j'ai eue avec vous.

Joe ramassa une brindille tombée d'un arbre. Au-dessus de sa tête le pigeon défiait vraiment le sort. Il y avait d'autres branches plus solides où il aurait pu se poser mais il refusait de bouger. Il lui dit qu'il lirait son poème le soir même et attendit qu'elle le remercie.

Il attendit. Ses remerciements. Pour le temps. L'attention. La générosité dont il faisait preuve. Pour avoir pris sa défense devant Mitchell. Pour sa compagnie et pour ses mots, pour sa poésie qui l'avait plus ou moins conduite à venir le traquer jusqu'ici, au beau milieu de ses vacances en famille. Mais les remerciements ne vinrent pas.

– À propos, dit-il en fixant ses jambes pâles couvertes de fourmis écrasées, le fait que je sois au courant pour votre tranquillisant restera bien sûr entre nous.

– Vous savez, dit-elle en haussant les épaules, Jurgen, le docteur Sheridan et tous les habitants du village sont déjà au courant. D'ailleurs, j'ai cessé de le prendre.

– Madeleine Sheridan est médecin ?

– Oui. (Elle se broya les phalanges.) Elle a des amis à l'hôpital de Grasse, mieux vaut donc feindre la bonne humeur et ne pas perdre les pédales.

Il eut un petit rire qu'il s'efforça de prolonger, pour feindre la bonne humeur et ne pas perdre les pédales. Elle le prévint alors que rien, ABSOLUMENT RIEN, ne pouvait rester confidentiel une fois que Jurgen était dans le secret.

– Comme tous les gens indiscrets, il vous jure la main sur le cœur que sa bouche restera cousue mais la bouche de Jurgen n'est jamais cousue, un énorme pétard la maintient ouverte en permanence.

Joe Jacobs savait qu'il aurait dû l'interroger davantage. Comme sa journaliste de femme. Lui demander le qui le quand le pourquoi le comment et lui poser toutes les questions possibles afin de redonner un peu de cohérence à cette existence. Mais elle lui avait tout de même confié un indice. Avant d'entrer dans le verger elle lui avait dit qu'elle avait quitté son boulot : elle ramassait les feuilles mortes et taillait l'herbe dans le parc Victoria, à Hackney. Une bande de voyous l'avaient menacée d'un couteau alors qu'elle prenait ses pilules, elle avait les jambes qui tremblaient et cela faisait d'elle une proie facile.

La clochette retentit à nouveau.

– Qu'est-ce que c'est ?

Kitty se releva et fouilla du regard les herbes hautes. Joe distinguait le relief de ses vertèbres à travers sa robe. Lorsque son chapeau glissa, une fois de plus, elle le ramassa et l'épousseta du bout de ses doigts aux ongles verts avant de le lui donner.

– Oh !

Kitty avait poussé un cri parce que au même instant les herbes hautes s'étaient brusquement agitées et qu'on apercevait des éclats roses et argentés entre leurs tiges. Quelque chose s'avançait, se frayait un chemin jusqu'à eux. Les herbes s'écartèrent soudain et Nina se dressa devant eux, les pieds nus et vêtue de son maillot de bain constellé de cerises. À ses orteils brillaient le cadeau de Jurgen, les cinq anneaux d'argent indiens sur lesquels étaient fixées de petites clochettes.

– Je suis venue te chercher. (Elle regarda son père, qui tenait apparemment la main de Kitty Finch.) Maman est allée à Nice. Elle a dit qu'elle devait faire réparer ses chaussures.

Le regard de Kitty se posa sur la montre qui encerclait son fin poignet.

– Mais les cordonniers sont fermés à une heure pareille.

Trois chiens jaillirent de l'herbe et les encerclèrent en grognant. Lorsque le fermier arriva et annonça au poète étranger ruisselant de sueur qu'il se trouvait sur une propriété privée, la belle Anglaise dénoua le foulard qui ornait son chapeau et le tendit à Joe qui fronça les sourcils d'un air intrigué.

– Essuyez-vous, lui lança-t-elle.

Puis elle demanda en français au fermier de rappeler ses chiens.

Lorsqu'ils furent revenus à la villa, Joe traversa la ligne des cyprès pour se rendre au jardin où il avait installé une table et une chaise afin d'écrire à l'ombre. Depuis deux semaines, il était entendu que cet endroit était son bureau et qu'il ne fallait pas le déranger lorsqu'il s'y trouvait, y compris lorsqu'il était endormi sur sa chaise. À travers les interstices du feuillage il apercevait Laura, assise au bord de la piscine dans la chaise en osier. Mitchell l'avait rejointe, une coupe de fraises à la main.

Il contempla vaguement le couple qui mangeait ses fraises au soleil et se sentit à deux doigts de sombrer dans le sommeil. C'était une étrange sensation, « se sentir à deux doigts de sombrer dans le sommeil ». Comme s'il avait pu se transporter n'importe où, à n'importe quel moment. Autant choisir un endroit agréable dans ce cas, un endroit qui ne soit pas source d'angoisse ni de menace latente… Assis autour d'une table avec sa famille à l'ombre d'un vieil arbre, prenant des photos à bord d'une gondole qui descendait les canaux de Venise, regardant un film dans un cinéma vide, une canette de bière à la main… Ou dans une voiture sur une route de montagne à minuit après avoir fait l'amour avec Kitty Finch.

Une route de montagne à minuit

Il faisait de plus en plus sombre et elle lui dit que les freins de la voiture de location ne marchaient plus, qu'elle n'y voyait plus rien, qu'elle ne distinguait même plus ses mains.

Sa robe de soie glissa sur ses épaules tandis qu'elle se penchait sur le volant. Un lièvre traversa la route et la voiture fit une embardée. Il lui dit de ne pas quitter la route des yeux, de s'en tenir à ça, et pendant qu'il parlait elle l'embrassait et conduisait en même temps. Puis elle lui demanda d'ouvrir sa fenêtre pour qu'elle puisse entendre les appels des insectes dans la forêt. Il baissa sa vitre et la pria une fois encore de ne pas quitter la route des yeux. Il passa la tête par la fenêtre ouverte et sentit l'air froid de la montagne lui mordre les lèvres. Des hommes avaient vécu aux temps préhistoriques dans cette forêt montagneuse. Ils savaient que le passé était toujours vivace au milieu des arbres et des rochers. Ils savaient aussi que le désir pouvait les déstabiliser et les rendre fous, confus, incompréhensibles.

– Oui, dit Kitty Finch, les yeux à nouveau fixés sur la route. Je sais ce que tu penses. La vie mérite uniquement d'être vécue parce que nous espérons qu'elle ira en s'améliorant et que nous finirons tous par rentrer chez nous sains et saufs. Mais tu as essayé et tu n'es pas rentré chez toi sain et sauf. Tu n'es pas rentré du tout. C'est pour cela que je suis ici, Jozef. Je suis venue en France pour te sauver de tes propres pensées.

Imitations de la vie

Isabel Jacobs se demandait pourquoi elle avait menti en prétendant qu'elle allait faire réparer ses chaussures. Encore une question dont elle n'avait pas la réponse. Depuis l'arrivée de Kitty Finch, elle n'avait rien pu faire de la journée sinon imiter la femme qu'elle était autrefois – mais cette femme d'autrefois ne lui semblait brusquement plus digne d'être imitée. Le monde était devenu de plus en plus énigmatique. Et elle aussi. Elle n'était plus sûre des sentiments qu'elle éprouvait, quel que soit leur objet, ni de la manière dont elle les éprouvait, ni de ce qui l'avait poussée à proposer à une étrangère d'occuper cette chambre libre. Pendant que sa voiture descendait les montagnes, qu'elle cherchait la monnaie pour le péage, qu'elle se perdait dans Vence et qu'elle tentait de rejoindre la route paralysée par la circulation qui longeait la côte jusqu'à Nice, des conducteurs excédés gesticulaient dans sa direction, klaxonnaient frénétiquement, baissaient leurs vitres pour l'insulter. Sur les sièges arrière de leurs voitures des petits chiens toilettés la fixaient d'un air moqueur, comme s'ils n'avaient que mépris eux aussi pour les gens qui se demandent quelle direction prendre dans un circuit à sens unique.

Elle se gara en face de la plage baptisée plage de l'Opéra et se dirigea vers le dôme rose de l'hôtel Negresco, qu'elle repéra grâce à la carte agrafée à la brochure fournie avec la villa. La brochure contenait tous les renseignements nécessaires au sujet de l'hôtel Negresco, le plus ancien et le plus beau des palaces édifiés à la Belle Époque sur la promenade des Anglais. Il avait apparemment été construit en 1912 par Henri Negresco, un immigrant hongrois qui l'avait conçu pour attirer à Nice « le gratin du gratin » en matière de clientèle.

Une brise soufflait sur l'avenue à deux voies qui la séparait des plages surpeuplées. Cette brusque explosion de miasmes citadins lui faisait beaucoup plus de bien que l'air vif et pur des montagnes dont la seule vertu était apparemment d'aviver sa tristesse. Ici à Nice, cinquième ville de France, elle pouvait se fondre dans la foule des estivants comme si elle n'avait pas d'autre souci en tête que de se plaindre du coût exorbitant de la location des chaises longues sur les plages de la Côte d'Azur.

Une femme aux cheveux permanentés et teints au henné l'arrêta pour lui demander où se trouvait la rue François-Aune. Les verres de ses vastes lunettes de soleil étaient constellés de taches qui ressemblaient à du lait séché. Elle parlait en anglais avec un accent qui, d'après Isabel, devait être russe. La femme désignait d'un doigt couvert de bagues un mécanicien vêtu d'un bleu de travail huileux et allongé sous une moto, comme pour intimer à Isabel de demander pour elle son chemin à cet homme. Pendant un instant, elle ne saisit pas pourquoi on exigeait cela d'elle mais finit par comprendre que la femme était aveugle et percevait les bruits que faisait le mécanicien en révisant son engin juste à côté.

Isabel s'agenouilla sur le trottoir et lui montra le bout de papier que la femme lui avait fourré dans la main. Le mécanicien désigna du doigt l'immeuble qui leur faisait face, de l'autre côté de la rue. L'aveugle avait atteint son but.

– Vous êtes arrivée.

Isabel prit son bras et l'aida à franchir le portail de l'immeuble cossu dont les fenêtres arboraient des volets verts fraîchement repeints. Trois jets d'eau dispensaient l'humidité nécessaire aux palmiers sagement alignés dans le jardin de la propriété.

– Mais je veux aller au port, madame. Je cherche le docteur Ortega.

La Russe aveugle parlait d'un air indigné, comme si on l'avait conduite au mauvais endroit contre sa volonté. Isabel déchiffra les noms des résidents gravés sur des plaques de cuivre à côté de la porte et lut à haute voix :

– Perez, Orsi, Bergel, docteur Ortega...

Son nom était bien là. Il habitait donc ici, malgré les protestations de l'aveugle.

Isabel appuya sur la sonnette du docteur Ortega, ignorant la Russe qui s'était mise à farfouiller frénétiquement dans son sac à main en crocodile afin d'en extraire ce qui s'avéra être un petit dictionnaire de poche.

La voix qui émergea de l'interphone en cuivre impeccablement astiqué, situé contre la porte d'entrée, s'exprimait délicatement en français avec un accent espagnol et lui demanda qui elle était.

– Je m'appelle Isabel. Votre patiente vous attend en bas.

Une sirène de police couvrit ses paroles et elle dut répéter sa phrase.

– Vous avez bien dit que vous vous appeliez Isabel ?

C'était une question anodine mais qui la mit étrangement mal à l'aise, comme si elle avait cherché à se faire passer pour quelqu'un d'autre.

L'interphone bourdonna et elle poussa la porte vitrée encadrée de bois sombre qui donnait sur un hall en marbre. La Russe aux lunettes tachées ne voulait pas bouger d'un pouce et ne cessait de répéter qu'il fallait qu'on l'emmène au port.

– Vous êtes toujours là, Isabel ?

Pourquoi ce docteur ne descendait-il pas pour venir s'occuper lui-même de l'aveugle ?

– Pouvez-vous venir récupérer votre patiente ?

Elle l'entendit éclater de rire.

– *Señora, soy doctor en filosofía*. Cette femme n'est pas ma patiente, c'est mon élève.

Il rit à nouveau. D'un rire enroué de fumeur. Elle entendit sa voix à travers le grillage de l'interphone et se rapprocha.

– Mon élève veut aller au port parce qu'elle aimerait repartir pour Saint-Pétersbourg. Elle ne veut pas prendre sa leçon d'espagnol et c'est pour cela qu'elle refuse d'admettre qu'elle est bien ici. *Ella no quiere estar aquí.*

Il parlait d'une voix enjouée et charmeuse, comme un homme qui a tout son temps et peut s'exprimer par énigmes, à l'abri de son interphone. Elle aurait aimé lui ressembler davantage, vagabonder dans les rues et se laisser tenter par ce que la journée lui présenterait. Qu'est-ce qui l'avait amenée jusqu'ici ? Où se trouvait-elle au juste ? Comme d'habitude, elle cherchait à fuir Jozef. Cette pensée lui fit monter aux yeux des larmes de dépit. Non. Cela suffisait. Pas Jozef, pas cette fois-ci. Elle fit demi-tour et abandonna la Russe qui avait agrippé la rampe de l'escalier en marbre, prétendant toujours qu'elle n'était pas au bon endroit et qu'elle devait se rendre au port.

Le ciel s'était assombri et elle sentait les effluves de la mer toute proche. Des mouettes piaillaient au-dessus de sa tête. La douce odeur de levure qui émanait de la boulangerie, de l'autre côté de la rue, planait au-dessus des voitures garées le long du trottoir. Des familles revenaient de la plage, transportant des chaises, des ballons en plastique, des serviettes aux couleurs vives. La boulangerie se remplit brusquement, envahie par une bande d'adolescents venus acheter des parts de pizza. En face, le mécanicien faisait tourner le moteur de sa moto d'un air triomphant. Isabel ne se sentait pas prête à rentrer pour rejouer le rôle de la femme qu'elle était autrefois. Au lieu de ça, elle se mit à marcher et arpenta pendant une bonne heure la promenade des Anglais avant de s'arrêter dans l'un des restaurants installés le long de la plage, près de l'aéroport.

Les avions qui décollaient effleuraient presque l'étendue noire de la mer. Un groupe d'étudiants buvaient de la bière, assis sur les galets. Ils parlaient avec autant d'assurance que de charme, s'interpellaient bruyamment et profitaient de la nuit d'été sur la plage municipale. Tout était nouveau dans leurs vies qui commençaient à peine. Nouveaux boulots, nouvelles idées, nouvelles amitiés, nouvelles amours. Elle était quant à elle au milieu de la sienne, elle aurait bientôt cinquante ans et avait assisté à d'innombrables conflits et massacres à travers le monde qui l'avaient rapprochée de ceux qui souffraient. On ne l'avait pas envoyée couvrir le génocide du Rwanda, contrairement à deux de ses collègues. Bouleversés, ceux-ci lui avaient dit qu'il était impossible de croire que l'humanité puisse se livrer à la destruction à une telle échelle, leurs propres yeux s'écarquillaient quand ils évoquaient les yeux écarquillés des orphelins. Les chiens affamés s'étaient accoutumés à manger de la chair humaine. Ils en avaient vu qui erraient à travers champs, des lambeaux de corps humains entre leurs crocs. Oui, même si elle n'avait pas assisté en personne à l'horreur du Rwanda elle connaissait de trop près les malheurs du monde pour avoir envie de récidiver. Pourtant, s'il lui avait été possible de désapprendre tout ce qui était censé l'avoir rendue intelligente, elle aurait tout refait de la même manière. Ignorante et pleine d'espoir, elle se serait remariée et aurait à nouveau eu un enfant et elle aurait bu de la bière le soir avec son jeune époux sur la plage municipale. Ils auraient tout recommencé ensemble, s'embrassant émerveillés à la lueur des étoiles. Qu'y avait-il de mieux dans la vie ?

Plusieurs femmes de la même famille accompagnées de leurs enfants avaient pris place autour de trois tables réunies pour la circonstance. Tous arboraient les mêmes cheveux bruns filasses, les mêmes pommettes saillantes, et ils mangeaient des glaces aux volutes sophistiquées empilées dans de grands verres. Le serveur alluma les petits feux de Bengale qu'il avait plantés dans la chantilly et tout le monde poussa de grandes exclamations en battant des mains. Elle avait froid dans sa robe à dos nu, trop dévêtue pour cette heure de la journée. Les mères qui faisaient manger leurs enfants à l'aide de longues cuillères d'argent jetaient des regards intrigués à cette femme soucieuse et silencieuse aux épaules dénudées. Tout comme le serveur, sa solitude semblait les offenser. Elle avait dû lui dire à deux reprises qu'elle n'attendait personne. Lorsqu'il posa d'un geste brusque son express sur la table prévue pour deux clients, la moitié du contenu fut projetée sur la soucoupe.

Elle regarda les vagues qui venaient s'écraser sur les galets. La mer ramassait les sacs en plastique abandonnés sur la plage pendant la journée. Tout en essayant de faire durer le plus longtemps possible ce qu'il restait de son café afin de pouvoir continuer à occuper cette table pour deux, les pensées qu'elle tentait de chasser revinrent la submerger comme les vagues sur les rochers.

Elle menait une existence plus ou moins fantomatique dans sa demeure londonienne. Lorsqu'elle y remettait les pieds, de retour d'une région du globe où sévissait un conflit quelconque, et découvrait qu'en son absence le cirage ou les ampoules électriques n'étaient plus à leur place habituelle, elle comprenait qu'elle n'occupait elle-même qu'une place éphémère au sein de la maison familiale. Pour exercer le métier qu'elle avait choisi, elle risquait de perdre son statut d'épouse et de mère, statut déconcertant et hanté par tout ce qui avait déjà été imaginé à sa place au cas où elle choisisse de l'endosser. Elle avait essayé d'être quelqu'un qu'elle ne comprenait pas vraiment. Une figure féminine à la fois puissante et fragile. Elle savait bien que la puissance ne se confondait pas avec la violence, pas plus que la douceur avec la fragilité, mais ignorait comment utiliser ce savoir dans sa propre existence, ou ce qu'il impliquait, ou en quoi le fait de se retrouver seule un samedi soir à une table pour deux pouvait la soulager. Lorsqu'elle débarquait à Londres en provenance d'Afrique, d'Irlande ou du Koweït, il lui arrivait d'aller passer la nuit chez Laura, dans la pièce qui tenait lieu de réserve au-dessus de leur boutique à Euston. Comme une convalescente en quelque sorte. Elle restait couchée pendant la journée et Laura lui montait une tasse de thé quand il n'y avait pas de client dans la boutique. Elles n'avaient rien en commun, en dehors du fait qu'elles se connaissaient depuis très longtemps. Et ce temps qu'elles avaient en partage signifiait quelque chose. Elles n'avaient pas besoin de se justifier, de se plier aux règles de la bienséance ni de combler les vides de la conversation.

Elle avait invité Laura à venir passer l'été avec eux à la villa et avait été surprise que son amie accepte aussitôt sa proposition. Laura et Mitchell avaient généralement besoin d'un certain délai avant de pouvoir fermer leur boutique et mettre leurs affaires en ordre.

Les feux de Bengale dispensaient leurs dernières étincelles au sommet des crèmes glacées. L'une des mères se mit brusquement à crier car son fils de cinq ans venait de renverser son verre. Elle avait poussé un véritable hurlement de rage. Isabel voyait bien que la femme était à bout. Ni heureuse ni malheureuse, elle s'était laissée envahir par l'agressivité. À quatre pattes, elle essuyait la crème glacée sur le sol avec les serviettes que lui tendaient ses proches. Isabel sentait la désapprobation de ces femmes qui la dévisageaient, assise seule à sa table, mais elle leur était reconnaissante. Elle emmènerait Nina dans ce restaurant et elle lui offrirait à elle aussi une glace surmontée d'un feu de Bengale. Ces femmes avaient organisé une belle sortie pour leurs enfants, elle ne manquerait pas de suivre leur exemple.

Des murs qui s'ouvrent et qui se ferment

Nina regardait Kitty Finch appuyer les paumes de ses mains contre les murs de la chambre libre comme si elle voulait en éprouver la solidité. C'était une petite pièce qui donnait sur l'arrière de la villa, les rideaux jaunes de l'unique fenêtre étaient scrupuleusement tirés. Cela accentuait l'obscurité et la chaleur de l'endroit mais Kitty déclara que cela lui convenait. Dans la cuisine à l'étage elles entendaient Mitchell qui chantait d'une voix de fausset un tube d'Abba. Kitty dit à Nina qu'elle vérifiait la résistance des murs parce que les fondations de la villa étaient chancelantes. Trois ans plus tôt, une bande de fumistes de Menton avaient été engagés pour restaurer l'ensemble de la maison. Il y avait des fissures de partout mais elles avaient été comblées à la hâte avec un plâtre inapproprié.

Nina se demandait jusqu'où s'étendaient au juste les connaissances de Kitty. Quelle était donc la bonne variété de plâtre ? Kitty Finch travaillait-elle dans l'industrie du bâtiment ? Comment parvenait-elle dans ce cas à faire rentrer la masse de ses cheveux sous un casque de protection ?

On aurait dit que Kitty avait lu ses pensées car elle précisa soudain :

– Eh bien, le plâtre approprié doit contenir du calcaire.

Puis elle s'agenouilla sur le plancher et considéra les plantes qu'elle avait cueillies dans le verger, plus tôt dans la matinée.

Elle caressait de ses ongles verts les feuilles triangulaires et le bouquet de fleurs blanches qui, souligna-t-elle en fronçant les narines, sentaient un peu la souris. Elle recueillait les graines de cette plante parce qu'elle comptait les étudier et Nina pouvait l'aider si elle voulait.

– De quelle plante s'agit-il donc ?

– On l'appelle *Conium maculatum*. Elle appartient à la même famille que le fenouil, la carotte et le panais. J'étais vraiment surprise d'en voir pousser le long de l'église. Les feuilles ressemblent à du persil, tu ne trouves pas ?

Nina n'en avait pas la moindre idée.

– Ça, c'est de la ciguë. Ton père le savait, bien sûr. Autrefois les enfants se servaient de ses tiges pour faire des sifflets et s'empoisonnaient parfois. Mais les Grecs pensaient qu'elle guérissait les tumeurs.

Kitty avait visiblement beaucoup de choses à faire. Après avoir suspendu ses robes d'été dans l'armoire et aligné quelques livres écornés et passablement fatigués sur une étagère, elle se précipita à l'étage pour aller contempler une fois encore la piscine, bien que l'obscurité fût à présent tombée.

Lorsqu'elle revint, elle expliqua que le bassin était à présent éclairé de l'intérieur.

– Ce n'était pas le cas l'année dernière, ajouta-t-elle.

Elle sortit une enveloppe marron de format A4 de son sac en toile bleu et la considéra un instant.

– Voilà le poème que ton père m'a promis de lire ce soir, dit-elle à Nina en lui montrant l'enveloppe. (Elle se mordilla la lèvre supérieure.) Il m'a dit de le déposer sur la table qui se trouve à côté de sa chambre. Tu m'accompagnes ?

Nina conduisit Kitty Finch jusqu'à la pièce où dormaient ses parents. Leur chambre était la plus grande de la villa et la salle de bains qui en dépendait était sans doute encore plus vaste. Il y avait des robinets en or, un bouton permettant de transformer la baignoire en jacuzzi. Elle lui montra une petite table poussée contre le mur, à l'extérieur de la chambre. Une coupe trônait au milieu où s'entassaient pêle-mêle des lunettes de piscine, des fleurs séchées, des feutres usagés, des cartes postales, des clefs…

– Oh, ce sont les clefs de la salle des pompes, s'exclama Kitty d'un air excité. C'est là que se trouvent toutes les machines qui régulent le fonctionnement de la piscine. Je vais mettre mon enveloppe sous cette coupe.

Elle fronça les sourcils et considéra à nouveau l'enveloppe, tout en inspirant profondément et en secouant sa chevelure comme si quelque chose s'y était emmêlé.

– En fait, je vais plutôt la glisser sous la porte. Comme ça il tombera forcément dessus et sera obligé de le lire sur-le-champ.

Nina s'apprêtait à lui dire que ce n'était pas seulement la chambre de son père, que sa mère y dormait aussi, mais elle se retint parce que Kitty Finch tenait des propos bizarres.

– Il faut courir le risque, pas vrai ? C'est un peu comme lorsqu'on traverse une route les yeux fermés, on ne sait pas ce qui peut arriver. (Elle rejeta soudain la tête en arrière et éclata de rire.) Rappelle-moi de t'emmener à Nice demain, je te ferai goûter la meilleure glace que j'aie mangée de ma vie.

Se trouver en compagnie de Kitty Finch, c'était un peu comme d'être à côté d'une bouteille dont le bouchon vient de sauter – après la première explosion, lorsque les gaz semblent s'échapper et que tout se met à pétiller pendant une fraction de seconde d'une aura enivrante.

Mitchell les appelait pour le dîner.

Manières

– Ma femme est allée faire réparer ses chaussures à Nice, annonça Joe Jacobs à la cantonade avant le début du dîner.

Son intonation indiquait qu'il se contentait de faire passer l'information et n'attendait donc pas de réaction particulière en retour. Tout le monde en convint et le sujet ne fut pas développé.

Mitchell, qui s'était attribué le rôle de cuisinier de la maisonnée, avait passé l'après-midi à faire rôtir la pièce de bœuf que Joe avait insisté pour payer le matin même au marché. Il entreprit de la découper avec une évidente jubilation. Un filet de sang rose suintait du cœur de la viande.

– Pas pour moi, merci, lui dit poliment Kitty.

– Oh, juste une lichette...

Une fine tranche de viande quitta sa fourchette et atterrit sur l'assiette de Kitty.

– Lichette est le mot préféré de Mitchell, dit Joe en fourrant sa serviette dans le col de sa chemise.

Laura servait le vin. Elle portait un splendide collier africain, une lourde plaque en or retenue par sept perles autour de son cou.

– Vous ressemblez à une mariée, dit Kitty d'un air admiratif.

– C'est curieux que vous disiez ça, répondit Laura, il s'agit en effet d'un collier de mariage du Kenya qui provient de notre boutique.

Kitty avait les larmes aux yeux à cause de la sauce au raifort dont elle venait d'avaler une bouchée comme s'il s'agissait d'une cuillerée de sucre.

– Qu'est-ce que vous vendez au juste dans votre bazar ?

– Boutique d'antiquités, la corrigea Laura. Nous vendons des armes anciennes d'origine persane, turque et hindoue. Ainsi que de coûteux bijoux africains.

– Nous sommes des trafiquants d'armes à la petite semaine, ajouta Mitchell sur un ton enjoué. Et au milieu de tout ça, nous vendons aussi des articles en plumes d'autruche.

Il attrapa avec ses doigts une tranche de viande, l'enroula et la plongea dans la coupe de sauce au raifort.

– Les autruches font l'article, chantonna-t-il, et le raifort sent la raie…

Nina reposa violemment son couteau.

– Tu ne peux pas la boucler ?

Mitchell esquissa une grimace.

– Une jeune fille de ton âge ne devrait pas employer de si vilains mots.

Son père opina comme s'il l'approuvait sans la moindre réserve. Nina le regarda d'un air furieux tandis qu'il astiquait sa cuillère avec le coin de la nappe. Elle savait que son père hésitait rarement à employer lui-même ce que Mitchell appelait de « vilains mots ». Quand elle lui disait, ce qui était fréquent, qu'elle en avait marre de porter des chaussures minables aux lacets dépareillés pour aller au collège, son poète de père ne manquait jamais de la corriger : « La prochaine fois, parle plutôt de chaussures nases et totalement à chier. Cela donnera plus de poids à ta requête. »

– Les vilains mots font écho aux mauvaises pensées, poursuivit Mitchell en tapotant son crâne dégarni, avant de lécher une lichette de sauce au raifort restée collée à son pouce. Jamais je n'aurais juré devant mon père quand j'avais ton âge.

Joe adressa à Nina un regard assassin.

– Oui, ma fille. Je te prierai donc de ne plus jurer de la sorte afin de ne pas offenser les enfoirés assis autour de cette table. En particulier Mitchell, qui est un individu dangereux. Il possède des armes. Des épées et des pistolets incrustés d'ivoire.

– En vérité, rétorqua Mitchell en brandissant l'index, ce dont j'aurais besoin c'est d'un piège à rats. Parce qu'il y a des souris dans cette cuisine.

Il avait regardé Kitty Finch en prononçant le mot « souris ».

Kitty laissa tomber sa tranche de bœuf par terre et se pencha vers Nina.

– Le raifort n'a rien à voir avec la raie. Il s'apparente à la famille de la moutarde. C'est une racine et ton père en mange probablement beaucoup, cela ne peut que faire du bien à ses rhumatismes.

– Quoi ? dit Joe en haussant ses épais sourcils. Je n'ai pas de rhumatismes.

– Sans doute que si, répondit Kitty. Vous avez une démarche un peu raide.

– C'est à cause de son âge, dit Laura avec un sourire narquois, il est suffisamment vieux pour être votre père.

Elle se demandait encore pourquoi Isabel avait tant insisté pour qu'une jeune femme qui nageait en tenue d'Ève et qui cherchait de toute évidence à attirer l'attention de son mari reste loger chez eux. Au sein du couple, son amie était censée être l'épouse constamment trahie, blessée par les infidélités et accablée par le passé de son mari. Celle qu'on trompait et à qui l'on mentait tous les jours.

– Laura se vante de savoir lire dans le cœur de chacun et de s'exprimer sans détour, déclara Joe à l'ensemble de la tablée.

Il se pinça le nez entre le pouce et l'index, ce qui était un code secret entre sa fille et lui, signifiant quoi ? il n'en savait trop rien : peut-être que leur amour perdurait en dépit de ses défauts, de sa bêtise et de l'irritation qu'ils éprouvaient l'un pour l'autre.

Kitty sourit à Laura d'un air tendu.

– Merci à vous tous, pour m'avoir permis de rester ici.

Nina la vit grignoter une tranche de concombre avant de la repousser sur le bord de son assiette.

– C'est Isabel que vous devriez remercier, dit Laura. Elle a vraiment un cœur d'or.

– Je ne dirais pas qu'Isabel a du cœur, dit Joe en engloutissant une nouvelle tranche de viande. Et toi, Nina ?

Il lui tendait la perche, afin qu'elle émette une critique à l'encontre de sa mère et fasse du même coup plaisir à son père. Quelque chose comme : « Ma mère ne sait absolument pas qui je suis. » En fait, Nina avait été à deux doigts de répondre : « Ma mère ne sait pas que je sais que mon père va coucher avec Kitty Finch. Elle ne sait même pas que je connais le sens du mot anorexique. »

Au lieu de ça, elle déclara :

– Kitty pense que les murs peuvent s'ouvrir et se refermer.

Voyant que Mitchell se tapotait la tempe du bout de l'index comme pour dire : elle est cooomplètement giiivréééé, Joe se redressa et donna un violent coup de poing sur le doigt rose et taquin de Mitchell.

– C'est inconvenant d'être normal à ce point, Mitchell. Même toi, tu as bien dû être un enfant autrefois. Et croire qu'il y avait des monstres tapis sous ton lit. Maintenant que tu es devenu un adulte à l'impeccable normalité, tu devrais y jeter de temps en temps un coup d'œil furtif et te dire que le monstre est peut-être invisible !

Mitchell leva les yeux au plafond comme s'il y cherchait à la fois de l'aide et des conseils avisés.

– Personne ne t'a donc parlé des sommets auxquels tu atteins toi-même ?

Le téléphone se mit à sonner. Un fax apparut et vint atterrir dans le bac en plastique disposé à côté de l'appareil de la villa. Nina se leva et alla chercher la feuille. Elle y jeta un coup d'œil avant de l'apporter à son père.

– C'est pour toi, dit-elle. À propos de ta lecture en Pologne.

– Merci.

Il saisit sa main et y déposa un baiser de ses lèvres encore humides de vin. Puis il lui demanda de lui lire le fax à voix haute.

DÉJEUNER À VOTRE ARRIVÉE
Bortsch aux œufs durs et aux saucisses.
Ragoût traditionnel accompagné
de pommes de terre bouillies.
Boissons non alcoolisées.
OU
Soupe de concombre polonaise traditionnelle.
Feuilles de chou fourrées à la viande hachée
et aux pommes de terre bouillies.
Boissons non alcoolisées.
MERCI DE NOUS INDIQUER
VOTRE CHOIX PAR FAX

Laura toussa.

– Tu es né en Pologne, Joe. C'est bien ça ?

Nina regarda son père qui hochait vaguement la tête.

– Je ne m'en souviens pas.

Mitchell haussa les sourcils, imaginant sans doute manifester de la sorte son incrédulité.

– Tu dois être sacrément étourdi, si tu ne te rappelles plus où tu es né. Monsieur est d'origine juive, si je ne m'abuse ?

Joe le regarda d'un air stupéfait. Nina se demanda si c'était à cause de ce brusque « Monsieur ». Kitty fronçait les sourcils elle aussi. Elle se redressa sur sa chaise et s'adressa à la tablée comme si elle était la biographe officielle de Joe.

– Bien sûr qu'il est né en Pologne. C'est indiqué sur toutes les jaquettes de ses livres. Jozef Nowogrodski est né dans l'ouest de la Pologne en 1937. Il est arrivé à Whitechapel, dans l'est de Londres, à l'âge de cinq ans.

– C'est cela. (Mitchell paraissait à nouveau déconcerté.) Comment se fait-il que tu t'appelles Joe Jacobs à présent ?

Kitty se chargea là encore de lui répondre. Elle n'aurait pas obtenu plus de succès si elle avait donné trois pichenettes sur son verre de vin pour obtenir le silence et l'attention nécessaires.

– Le personnel du pensionnat l'a rebaptisé parce que son nom était imprononçable.

La cuillère que Joe astiquait depuis le début du repas brillait à présent comme un sou neuf. Lorsqu'il la brandit pour constater le résultat de ses efforts, Nina aperçut le reflet déformé de Kitty qui s'étirait sur le dos de la cuillère.

– Du pensionnat ? Où étaient donc tes parents ?

Mitchell vit Laura s'agiter nerveusement sur sa chaise. Il était probablement censé connaître tous les détails de la vie de Joe mais ce point précis lui était totalement sorti de l'esprit. Laura avait dû le lui dire mais il ne l'avait pas mémorisé. Il fut soulagé que Kitty Finch ne prenne pas sur elle de répondre à sa question et regretta de s'être engagé sur ce terrain.

– Eh bien, on peut dire dans ce cas que tu es plus ou moins anglais. N'est-ce pas, Joe ?

– Oui, acquiesça Joe. Je suis à peu près aussi anglais que toi.

– Ma foi, je ne te suivrai peut-être pas jusque-là, Joe, rétorqua Mitchell sur le ton mesuré d'un officier des douanes. Mais comme je le dis toujours à Laura, ce qui compte c'est ce que nous ressentons au fond de nous.

– Tu as raison, approuva Joe.

Mitchell se dit qu'il avait dû toucher un point sensible, étant donné que Joe faisait brusquement preuve d'une rare politesse.

– Que ressens-tu donc au fond de toi, Joe ?

Joe regarda la cuillère qu'il tenait à la main comme s'il s'agissait d'un objet précieux ou qu'il avait remporté une infime victoire sur la trouble nébuleuse des couverts.

– Je ressens une DIC au fond de moi.

– Monsieur peut-il s'expliquer ?

– Une drôle d'impression confuse.

Mitchell, qui était saoul à présent, lui tapa dans le dos pour sceller leur nouvelle alliance.

– J'approuve cette formulation, Jozef quel que soit ton nom. Moi aussi j'ai une DIC là-dedans, ajouta-t-il en se frappant le crâne. J'en ai même plusieurs.

Laura ramena ses longs pieds sous la table et annonça qu'elle avait préparé un diplomate pour le dessert. Une recette qu'elle avait trouvée dans le *Cours de cuisine complet* de Delia Smith. En espérant que la custard avait bien pris et que la crème n'avait pas caillé.

Dimanche

Un voleur de ciguë

L'amorce d'un chant d'oiseau. Le bruit des pommes de pin qui tombaient dans l'immobilité du bassin. L'odeur âpre du romarin poussant dans des caisses en bois sur le rebord de la fenêtre. Lorsque Kitty Finch se réveilla elle crut sentir le souffle d'un inconnu tout près de son visage. Elle pensa d'abord que la fenêtre s'était ouverte pendant la nuit mais ne tarda pas à l'apercevoir et dut fourrer ses cheveux dans sa bouche pour étouffer le cri qu'elle s'apprêtait à pousser. Un adolescent aux cheveux noirs se tenait devant son lit et la saluait de la main. Il devait avoir une quinzaine d'années et tenait un carnet dans l'autre main. Le carnet était jaune. Il portait un blazer de collégien et avait glissé sa cravate dans sa poche. Il finit par disparaître à travers le mur mais la vibration de l'air qu'avait provoquée en la saluant son invisible main était encore perceptible.

Il était à l'intérieur d'elle. Il s'était projeté et avait voyagé dans son esprit. Elle percevait ses pensées, ses sentiments, ses intentions. Elle enfonça ses ongles dans ses joues et quand elle fut certaine d'être tout à fait réveillée elle se leva, franchit les portes-fenêtres et rejoignit la piscine. Une guêpe la piqua au poignet tandis qu'elle nageait en direction du matelas pneumatique à moitié dégonflé et le ramenait du côté où l'eau était la moins profonde. Elle se demandait si cette vision fantomatique avait été provoquée par un véritable spectre ou si elle était due à un rêve, à une hallucination quelconque. Quelle que soit sa nature elle ne quittait pas ses pensées. Elle plongea la tête sous l'eau et compta jusqu'à dix.

Il y avait quelqu'un d'autre dans le bassin.

Kitty parvenait tout juste à distinguer les extrémités brouillées des doigts d'Isabel Jacobs recueillant les insectes qui venaient inéluctablement mourir dans la partie la plus profonde du bassin. Lorsqu'elle refit surface, ses bras puissants fendirent l'eau verte et froide tandis qu'un petit tas d'insectes grouillait sur une dalle de pierre au bord de la piscine. L'épouse journaliste, silencieuse et supérieure, s'éclipsait apparemment à Nice à l'heure des repas et nul ne se risquait à commenter la chose. Surtout pas son mari, qui avait maintenant dû lire son poème, Kitty l'espérait. C'était ce qu'il lui avait dit à la fin de cet interminable dîner la veille au soir. Qu'il allait s'étendre et lire son texte.

– Vous tremblez, Kitty.

Isabel nageait dans sa direction et s'immobilisa auprès d'elle. Les deux femmes contemplèrent la brume de l'aube qui s'élevait des montagnes. Elle dit à Isabel qu'elle avait mal à l'oreille et que la tête lui tournait un peu. C'était la seule façon pour elle de faire allusion à ce qu'elle venait de vivre.

– Vous avez sans doute une otite. Pas étonnant que vous vous sentiez chancelante.

Isabel s'exprimait comme si elle contrôlait parfaitement l'ensemble de la situation. Kitty l'avait vue à la télévision environ trois ans plus tôt, Isabel Jacobs se trouvait dans le désert du Koweït à côté d'un squelette de chameau. Elle se penchait sur la carcasse d'un tank et désignait une paire de bottes carbonisées qui dépassaient du véhicule militaire. Élégante et bien maquillée, Isabel Jacobs était plus dure qu'elle n'en avait l'air. Lorsqu'elle avait plongé dans le bassin la veille et avait empoigné la cheville de Kitty, elle n'y était pas allée de main morte et l'avait à moitié tordue : la douleur était encore perceptible. Isabel lui avait délibérément fait mal mais Kitty n'avait pas pu le dire parce qu'elle lui avait aussitôt proposé d'occuper la chambre libre. Personne ne se risquait à émettre la moindre critique à son sujet parce que la correspondante de guerre les contrôlait tous. Comme si elle avait eu le dernier mot ou les avait mis au défi de la contredire. C'était pourtant son mari qui l'avait, le dernier mot, étant donné qu'il les couchait par écrit, les mots, et qu'il mettait des points à la fin de ses phrases. Kitty ne l'ignorait pas mais sa femme le savait-elle ?

Kitty émergea hors de l'eau et marcha le long du bassin, ramassant quelques feuilles de laurier au pied d'un arbuste planté dans un pot. Isabel sortit à son tour et s'assit sur le bord d'une chaise longue en plastique. La journaliste alluma une cigarette d'un air absent, comme si son esprit était occupé par quelque chose de plus important que la scène qui se déroulait à l'instant. Elle avait probablement aperçu l'enveloppe A4 un peu froissée que Kitty avait déposée contre la porte de la chambre.

Sous l'eau
par
Kitty Finch

Elle ne dit pas à Isabel qu'elle se sentait fébrile et que sa vue se brouillait. Sa peau la démangeait et elle songea que sa langue devait avoir enflé. Elle ne lui parla pas davantage du spectre de cet adolescent qui avait traversé le mur pour venir la saluer lorsqu'elle s'était réveillée. Il avait volé une partie de ses plantes avant de repartir comme un passe-muraille, il en portait une pleine brassée. Elle se dit qu'il cherchait peut-être le moyen de mourir. Les mots qu'il avait prononcés avaient résonné à l'intérieur de sa tête, ils n'étaient pas passés par le canal de ses oreilles. Elle avait pris son geste pour un salut mais se demandait à présent s'il n'avait pas plutôt voulu lui dire adieu.

– Vous êtes donc venue jusqu'ici parce que vous êtes une fan de la poésie de Jozef ?

Kitty mâchonna lentement une feuille de laurier afin de dissimuler l'anxiété qui transparaissait dans sa voix.

– J'imagine que c'est le cas. Bien que je ne ressente pas les choses ainsi.

Elle s'interrompit, attendant que sa voix cesse de trembler.

– À mes yeux la poésie de Joe est comme une conversation intime qu'il aurait avec moi. Il écrit souvent des choses que je pense moi aussi. Nous sommes en contact télépathique.

Elle se retourna et vit Isabel écraser sa cigarette avec son pied nu. Kitty poussa un petit cri.

– Ça ne vous fait pas mal ?

Si Isabel s'était brûlée, elle ne semblait pas y attacher une grande importance.

– Ça veut dire quoi, « être en contact télépathique » avec Jozef ?

– Ça ne veut rien dire. L'idée vient juste de me traverser l'esprit.

Kitty avait remarqué qu'Isabel désignait toujours son mari par son prénom entier. Comme si elle était la seule à posséder sa part mystérieuse et secrète, la part qui écrivait. Comment pouvait-elle lui expliquer que Joe et elle s'échangeaient des messages alors qu'elle ne le comprenait pas elle-même ? Voilà une question qu'il faudrait aborder avec Jurgen. Il lui expliquerait qu'elle avait des perceptions sensorielles ultradéveloppées parce qu'elle était poète, avant de lui dire en allemand des mots qui étaient des mots d'amour, elle le savait. C'était toujours délicat de lui résister la nuit, aussi était-elle heureuse de pouvoir disposer de cette chambre libre. Oui, d'une certaine manière elle était reconnaissante à Isabel de lui avoir permis d'échapper à l'amour de Jurgen.

– De quoi parle votre poème ?

Kitty contempla la feuille de laurier, caressant du bout des doigts le réseau de ses nervures argentées.

– Je ne m'en souviens pas.

Isabel éclata de rire. C'était insultant. Kitty se sentit insultée. Plus du tout reconnaissante, elle dévisagea la femme qui lui avait proposé d'occuper cette chambre libre mais ne s'était pas souciée de lui fournir le moindre drap, le moindre oreiller, ni de l'avertir que les fenêtres ne s'ouvraient pas et que le sol était jonché de crottes de souris. La journaliste l'interrogeait comme si elle s'apprêtait à rédiger un article. Elle était grande et bien balancée, les cheveux aussi noirs que ceux d'une Indienne, et elle portait un anneau d'or à la main gauche pour montrer qu'elle était mariée. Ses doigts étaient longs et lisses comme si elle n'avait jamais raclé le fond d'une marmite ni plongé la main dans la terre. Elle n'avait même pas proposé le moindre cintre à son invitée. C'était Nina qui lui en avait descendu un lot, prélevé dans sa propre armoire. Mais cela n'empêchait pas Isabel Jacobs de lui poser des questions, parce qu'elle voulait tout contrôler.

– Vous disiez que vous connaissiez la propriétaire de la villa ?

– Oui, une psy du nom de Rita Dwighter, qui est une amie de ma mère. Elle possède des maisons partout. Rien qu'à Londres elle en a douze, dont chacune vaut bien deux millions. Elle doit exiger de ses patients qu'ils prennent une hypothèque.

Isabel éclata de rire et cette fois-ci Kitty se joignit à elle.

– Merci de m'avoir permis de rester ici, au fait.

Isabel opina d'un air dédaigneux puis déclara qu'il fallait qu'elle s'occupe des toasts et du miel. Kitty la vit franchir les portes vitrées et retrouver Laura, qui était à présent assise à la table de la cuisine, une paire d'écouteurs sur les oreilles et un embrouillamini de fils autour du cou. Laura s'efforçait d'apprendre une vague langue africaine, articulant avec application les mots qui sortaient de ses lèvres fines.

Kitty était assise tremblante et nue à l'extrémité du bassin, écoutant la grande blonde aux yeux bleus effarouchés répéter d'une voix chantante des paroles d'un autre continent. Elle entendait les cloches qui sonnaient au village et elle entendait aussi quelqu'un soupirer. En relevant les yeux elle dut se retenir pour ne pas perdre les pédales une seconde fois dans la matinée. Assise comme à l'ordinaire sur son balcon, Madeleine Sheridan la dévisageait d'un regard aussi perçant qui si elle avait scruté la surface de l'océan à la recherche d'un requin. C'en était trop. Kitty se releva d'un bond et brandit le poing en direction de la silhouette indistincte qui buvait son thé matinal.

– Cessez de me surveiller sans arrêt, bordel. J'attends toujours que vous me rapportiez ces chaussures, docteur Sheridan. Vous ne les avez pas encore récupérées ?

Les extraterrestres ont le mal du pays

Jurgen traîna son extraterrestre à trois pattes en plastique gonflable et au cou ridé jusque dans la cuisine du café de Claude. Il l'avait acheté samedi au marché aux puces et soutenait avec Claude trois conversations simultanées. Claude, qui venait d'avoir vingt-trois ans et savait qu'il ressemblait à Mick Jagger, possédait l'unique café du village et comptait le vendre l'année prochaine à des promoteurs parisiens. Ce qu'il voulait savoir, c'était pourquoi les touristes anglais avaient proposé à Kitty Finch de loger chez eux.

Jurgen se gratta le crâne et secoua ses dreadlocks afin de considérer la question. Cet effort l'épuisa et il ne trouva pas la moindre réponse. Dépensant lui-même des fortunes pour que ses longs cheveux soyeux, qui lui tombaient sur les épaules, aient l'air de n'être jamais coiffés, Claude se disait que Kitty devait être secrètement dégoûtée par les dreadlocks que Jurgen entretenait avec amour, tout en sachant qu'elle pouvait dormir chez lui quand elle le voulait. En même temps, les deux hommes observaient Mitchell qui avait pris place sur la terrasse et se bourrait de tartines et de confiture en attendant l'ouverture de l'épicerie. Le gros collectionneur d'armes anciennes avait *une double* ardoise, au café et à l'épicerie qui appartenait à la mère de

Claude. Ce qui signifiait qu'il était sur le point de mettre toute la famille en faillite. Parallèlement, pendant que Claude épluchait des pommes de terre, Jurgen essayait de lui résumer l'intrigue de *E.T.* Il saisit la cigarette qui pendait aux lèvres de son ami et en tira une bouffée, tout en cherchant à se souvenir du film qu'il avait vu à Monaco trois ans plus tôt.

– E.T. est un petit extraterrestre qui se retrouve perdu sur Terre, à trois millions d'années-lumière de chez lui. Il devient copain avec un gamin de dix ans et ils commencent à avoir une relation très spéciale.

Claude jeta un coup d'œil méfiant sur l'extraterrestre qui trônait dans sa cuisine.

– Quel genre de relation ?

Jurgen secoua ses dreadlocks au-dessus de la tarte aux poires qui avait été sortie du four et refroidissait sous la fenêtre de la cuisine, essayant de se rappeler les détails d'une intrigue qu'il avait oubliée depuis longtemps.

– Eh bien… quand E.T. est malade le petit garçon l'est aussi, si E.T. a faim le petit garçon a faim, si E.T. est triste ou fatigué le petit garçon ressent la même chose. L'extraterrestre et son ami terrien s'échangent leurs pensées. Ils sont mentalement reliés.

Claude fit la grimace car Mitchell l'avait appelé en lui réclamant une nouvelle corbeille de pain et une portion de la tarte aux poires qu'on venait d'inscrire sur le menu. Claude dit à Jurgen qu'il n'arrivait pas à comprendre pourquoi le gros homme n'avait jamais un centime sur lui, alors qu'il logeait dans cette luxueuse villa. Le montant de son ardoise était d'ores et déjà pharamineux.

– Alors, comment se termine *E.T.* finalement ?

Jurgen qui était généralement trop défoncé pour se souvenir de quoi que ce soit venait de voir apparaître Joe Jacobs, marchant dans le lointain au milieu des moutons qui broutaient à flanc de montagne. Pour une raison inconnue, il se souvenait de toutes les répliques du petit extraterrestre dans le film. Sans doute parce que en tant que jeune Allemand adepte de la nature et ayant choisi de vivre en France, il était lui-même une sorte d'extraterrestre. Il expliqua que E.T. avait dû trancher le lien qui l'unissait au petit garçon parce qu'il avait peur que cela ne l'affecte trop et qu'il voulait éviter de lui faire du mal. Puis il avait trouvé le moyen de retourner dans sa planète d'origine.

Jurgen donna un coup de coude à Claude et lui montra le poète anglais qui semblait saluer une créature invisible en portant la main à son front. Claude aimait bien ce poète qui lui laissait toujours de généreux pourboires et s'était débrouillé pour engendrer une fille absolument ravissante, une adolescente aux longues jambes que Claude avait invitée à venir prendre un jour l'apéritif au café. Elle n'avait pas encore honoré son invitation mais il ne désespérait pas : comme il le disait à Jurgen, y a-t-il de meilleures raisons de vivre ?

– Il est superstitieux, il vient d'apercevoir une pie. C'est un homme célèbre. Tu aimerais être célèbre ?

Jurgen acquiesça. Puis il hocha la tête et avala une bonne rasade du liquide vert que contenait le flacon posé derrière la bouteille d'huile.

– Oui. Je me dis parfois que ce serait bien de ne plus être gardien et que tout le monde ait envie de me baiser les pieds. Mais il y a un hic. Je n'ai pas assez d'énergie pour devenir célèbre. J'ai trop de choses à faire.

Claude désigna le poète qui semblait toujours occupé à saluer d'invisibles pies.

– Peut-être a-t-il le mal du pays et veut-il regagner sa planète.

Jurgen se mit à faire des gargouillis avec le liquide vert qui était du sirop de menthe, Claude ne l'ignorait pas. Jurgen en était plus ou moins camé comme d'autres le sont à l'absinthe, qui a la même couleur verte un peu magique.

– Non. Il cherche seulement à éviter Kitty Ket. Il n'a pas lu son truc et il préfère l'éviter. C'est Ket qui ressemble à E.T. Elle croit être mentalement connectée au poète. Il n'a pas lu son truc et elle va être triste et sa tension va monter et elle va tous les dessouder avec le pistolet du gros.

Lundi

Le trappeur

Mitchell gisait sur le dos, ruisselant de sueur. Il était trois heures du matin et il venait de faire un cauchemar où figurait un mille-pattes. Il le frappait avec un couteau de cuisine mais l'animal se scindait en deux et repoussait aussitôt. Plus il frappait et plus il y avait de mille-pattes. Ils grouillaient à ses pieds, leur masse s'élevait bientôt jusqu'à ses oreilles et la lame de son couteau était couverte d'une bave gluante. Les bestioles s'insinuaient à présent dans ses narines et cherchaient à envahir sa bouche. Une fois réveillé il se demanda s'il devait dire à Laura que son cœur battait si fort, peut-être était-il sur le point d'avoir une crise cardiaque. Laura dormait paisiblement de son côté, ses pieds dépassaient du lit. Aucun lit au monde n'aurait été assez grand pour la contenir. À Londres ils avaient demandé à un constructeur de bateaux danois d'en concevoir un, adapté à sa grande taille ainsi qu'à son poids à lui. Il occupait toute la pièce et ressemblait à un galion amarré au bord d'un bassin dans un parc municipal. Il aperçut soudain quelque chose qui rampait dans sa direction sur le mur blanchi à la chaux et poussa un hurlement.

– Qu'est-ce qui se passe, Mitch ?

Laura se redressa et posa la main sur la poitrine palpitante de son mari.

Il lui montra la chose qui progressait toujours sur le mur.

– C'est un papillon de nuit, Mitchell.

L'insecte déploya en effet ses ailes grises et disparut à travers la fenêtre.

– J'ai fait un cauchemar, grommela-t-il. Un horrible cauchemar.

Elle pressa doucement sa main moite.

– Rendors-toi. Ça ira mieux demain matin.

Elle remonta le drap sur son épaule et se rallongea.

Mitchell était incapable de se rendormir. Il se leva et grimpa l'escalier jusqu'à la cuisine, à l'étage au-dessus, où il se sentit plus en sécurité. Il ouvrit le frigo et attrapa une bouteille d'eau. En la portant à ses lèvres et en ingurgitant avidement l'eau glacée il avait l'impression d'être en mille morceaux, comme le mille-pattes. Redressant son crâne endolori, il remarqua soudain quelque chose sur le sol de la cuisine. La souricière qu'il avait mise en place avait fait une victime. Il déglutit péniblement et se rapprocha.

Un petit animal gisait bien sur le côté, lui tournant le dos, mais il ne s'agissait pas d'un rat. Il le reconnaissait parfaitement : c'était le petit lapin marron en nylon de Nina, dont la grande oreille flasque était coincée sous la tapette métallique. Il distinguait la boule blanche élimée qui lui tenait lieu de queue et l'étiquette sale cousue à l'intérieur de sa patte. Le ruban de satin vert qu'il portait autour du cou s'était plus ou moins emberlificoté lui aussi dans le mécanisme. Trempé de sueur – il s'en rendait compte – Mitchell se pencha pour libérer l'animal et remarqua soudain une ombre sur le sol. Il y avait quelqu'un d'autre dans la pièce. Quelqu'un s'était introduit dans la villa et il n'avait même pas ses pistolets sur lui. Ou simplement son arme de la Perse antique à la crosse d'ébène, qui aurait suffi pour damer le pion à cet inconnu…

– Salut, Mitchell.

Kitty Finch était adossée au mur, entièrement nue, et observait les efforts qu'il déployait pour ne pas se faire pincer les doigts dans son propre piège. Les bras croisés sur la poitrine, elle grignotait le morceau de chocolat qu'il avait disposé à l'intention du rat.

– Je vous appellerai le trappeur désormais, dit-elle. Mais j'ai prévenu toutes les chouettes du quartier de votre présence.

Il posa la main sur son propre cœur qui battait à tout rompre et considéra le visage pâle et franc de la jeune femme. Il l'aurait abattue s'il avait eu ses armes. Il l'aurait bel et bien fait, en visant l'estomac. Il se voyait en train de brandir le pistolet, calculant l'instant où il appuierait sur la gâchette. Elle se serait effondrée, ses yeux gris et vitreux grands ouverts, un cercle sanguinolent se serait peu à peu élargi sur son ventre. Il cilla et vit qu'elle était toujours là, adossée au mur, à le narguer avec ce bout de chocolat qu'il s'était donné tant de mal à placer dans le piège… Elle paraissait fragile et aux abois et il comprit soudain qu'il l'avait effrayée.

– Désolé pour cette intrusion, dit-il.

– Oui, acquiesça-t-elle comme s'ils étaient brusquement les meilleurs amis du monde. Vous m'avez fait peur mais j'étais déjà inquiète avant que vous n'arriviez.

Lui aussi était terrorisé. Pendant un instant, il se demanda s'il ne devait pas lui raconter son cauchemar.

– Pourquoi tuez-vous tous ces animaux, Mitchell ?

Elle était presque jolie avec ses hanches étroites et ses longs cheveux qui brillaient dans la pénombre. Mais un peu déglinguée aussi, comme une SDF brandissant une pancarte à l'entrée d'une station de métro.

– Cela m'empêche de penser à autre chose, répondit Mitchell à sa grande surprise.

Comme s'il le pensait sérieusement. Ce qui était le cas.

– Quel genre de chose ?

Il se demanda une fois encore s'il devait lui confier certains des secrets qui entravaient sa vie mais se retint juste à temps. Il n'allait tout de même pas ouvrir sa grande gueule devant une folle pareille.

– Vous êtes vraiment un enfoiré, Mitchell. Arrêtez donc de tuer toutes ces bestioles, vous vous sentirez beaucoup mieux.

– Vous n'avez pas de famille, pas de maison où aller ?

Il croyait avoir dit cela gentiment mais même à ses propres oreilles la phrase résonnait comme une insulte.

– Si, je vis avec ma mère en ce moment. Mais de là à parler de famille…

Tandis qu'elle s'agenouillait pour libérer le petit lapin loqueteux qui ridiculisait son piège, il ne comprenait pas pourquoi il avait l'impression qu'une créature aussi triste pouvait s'avérer dangereuse.

– Vous savez… (Et cette fois Mitchell pensait vraiment lui parler gentiment.) Si vous vous habilliez plus souvent au lieu de déambuler sans arrêt en tenue d'Ève, vous auriez l'air plus normal.

Évaporée

La disparition de Nina ne fut découverte qu'à sept heures du matin, après que Joe l'eut appelée parce qu'il avait égaré son fameux stylo-plume. Sa fille était la seule personne qui parvenait à remettre la main dessus, quelle que soit l'heure de la journée. Laura avait déjà assisté une dizaine de fois au moins à un drame de ce genre depuis le début des vacances. Lorsque Nina rapportait triomphalement le stylo à son père aussi désordonné que désespéré, celui-ci la prenait dans ses bras et déclamait d'un air mélodramatique des remerciements appuyés, souvent dans plusieurs langues : le polonais, le portugais, l'italien… Hier on avait eu droit à un *Danke danke danke* retentissant.

Nul ne parvenait à croire que Joe puisse hurler à sa fille de retrouver son stylo si tôt dans la matinée. Mais c'était bien le cas et Nina ne répondait pas. Isabel se rendit dans la chambre de sa fille et constata que les portes-fenêtres du balcon étaient grandes ouvertes. Elle souleva la couette, comme si elle la soupçonnait de se cacher dessous. Nina n'était pas dans son lit et ses draps étaient maculés de sang. Lorsque Laura entendit les pleurs d'Isabel elle se précipita dans la chambre et son amie lui montra le lit tout en émettant des bruits étranges, comme si elle s'étranglait. Son visage était pâle, livide même, et elle marmonnait des borborygmes parmi lesquels Laura crut reconnaître les mots « os », « cheveux » ou « elle n'est plus là », mais dont il était malaisé de démêler le sens.

Laura proposa qu'elles se rendent ensemble au jardin à la recherche de Nina et entraîna Isabel hors de la chambre. Des petits oiseaux se posaient pour boire l'eau immobile et verte du bassin. Une boîte de chocolats à la cerise que Mitchell avait abandonnée la veille sur son gros fauteuil bleu grouillait à présent de fourmis. Deux serviettes mouillées étaient posées sur les chaises longues et au milieu, telle une conversation interrompue, trônait la chaise en bois qu'Isabel était allée chercher pour Kitty Finch. Le stylo-plume noir de Joe se trouvait juste en dessous.

Tel était l'espace restructuré de la veille. Elles franchirent la ligne des cyprès et traversèrent le jardin à la végétation exsangue. Il n'avait pas plu depuis des mois et Jurgen avait oublié d'arroser les plantes. Le chèvrefeuille était presque mort, la terre craquelée sous l'herbe dure et brune. Au pied du plus haut des pins Laura aperçut le maillot de bain mouillé de Nina, abandonné sur un tapis d'aiguilles. Lorsqu'elle se pencha pour le ramasser, elle ne put s'empêcher de se dire à son tour que les cerises imprimées sur le tissu ressemblaient à des taches de sang. Elle se mit à fouiller dans sa poche, à la recherche de la petite calculette en acier inoxydable que Mitchell et elle avaient emportée pour faire leurs additions.

– Nina va bien, Isabel.

Elle laissait ses doigts courir sur la calculette comme si les chiffres et les symboles qui y figuraient, les *m*+ et les *m*–, le *x* et la virgule des décimales pouvaient provoquer la brusque réapparition de Nina.

– Elle est sans doute allée faire un tour. Je veux dire… elle a quatorze ans tu sais, elle n'a évidemment pas été…

Elle s'apprêtait à dire « assassinée », mais se reprit et conclut :

– Elle ne s'est pas évaporée.

Elle n'eut pas le temps de finir sa phrase car Isabel s'était mise à courir au milieu des cyprès, à une telle vitesse et avec une telle énergie que les arbres continuèrent à s'agiter après son passage, plusieurs minutes durant. Laura contempla le désordre momentané qui avait gagné la ligne des arbres. On aurait dit qu'ils avaient été bousculés et ne savaient plus trop comment retrouver leur équilibre et leur apparence initiale.

Mères et filles

La chaleur et l'obscurité régnaient dans la chambre vide parce que les fenêtres étaient fermées et les rideaux tirés. Une paire de tongs fatiguées gisait au sommet du tas de mauvaises herbes qui séchaient sur le plancher. La chevelure flamboyante de Kitty s'étalait sur un traversin informe et ses bras couverts de taches de rousseur enveloppaient Nina qui serrait contre elle son lapin en fourrure synthétique, ultime lien un peu embarrassant avec sa propre enfance. Isabel savait que Nina était réveillée et feignait de dormir sous le drap blanc qui ressemblait à une nappe amidonnée. Ou à un linceul.

– Lève-toi, Nina.

La voix d'Isabel résonnait plus durement qu'elle ne l'avait voulu.

Kitty ouvrit ses yeux gris et murmura :

– Nina a eu ses règles en pleine nuit, c'est pour cela qu'elle est venue dormir avec moi.

Les deux jeunes filles somnolaient d'un air épanoui dans les bras l'une de l'autre. Isabel remarqua la demi-douzaine de livres fatigués que Kitty avait disposés sur une étagère, l'œuvre complète ou presque de son mari. Deux boutons de rose placés dans un verre d'eau trônaient juste à côté. Des roses qui ne pouvaient provenir que du jardin de Madeleine Sheridan, laquelle essayait de recréer un petit bout d'Angleterre en France.

Elle se souvenait de l'étrange remarque que Kitty avait faite la veille, après leur baignade commune : « La poésie de Joe est comme une conversation intime qu'il aurait avec moi. » Quel genre de conversation Kitty Finch avait-elle avec son mari ? Devait-elle insister pour que sa fille sorte immédiatement de son lit et quitte cette pièce où régnait une chaleur de serre ? Kitty cherchait de toute évidence à capter l'énergie nécessaire à la survie de ses plantes. Elle s'était créé un petit univers chaotique et surchauffé rempli de livres, de fleurs et de fruits, une enclave dans la contrée que constituait la villa touristique avec ses reproductions de Picasso et de Matisse approximativement encadrées et accrochées aux murs. Deux gros bourdons rampaient sur les rideaux jaunes à la recherche d'une ouverture. La porte de l'armoire béait et Isabel aperçut une étrange cape faite de plumes blanches qui pendait dans un coin. Mince et belle malgré ses tongs et ses robes d'été élimées, Kitty Finch se serait apparemment sentie chez elle n'importe où. Devait-elle insister pour que Nina se lève et regagne la solitude aseptisée de sa chambre ? Elle ne pouvait tout de même pas l'arracher des bras de Kitty. Elle se pencha et déposa un baiser sur les sourcils noirs de sa fille, qui frémirent imperceptiblement.

– Viens me dire bonjour quand tu seras réveillée.

Les yeux de Nina restèrent hermétiquement clos. Isabel referma la porte.

Lorsqu'elle arriva à la cuisine, elle annonça à Jozef et Laura que Nina était allée dormir avec Kitty.

– Ah… J'aurais dû y penser.

Son mari se gratta brusquement la nuque et disparut dans le jardin pour aller récupérer son stylo, Laura l'ayant informé qu'il se trouvait « sous la chaise de Kitty ». Il avait jeté en travers de ses épaules une taie d'oreiller blanche qui lui donnait l'apparence d'un saint autoproclamé. Le but était de se protéger du soleil mais cela n'en mettait pas moins Laura hors d'elle. Lorsqu'elle posa à nouveau les yeux sur lui, il examinait la plume en or comme si celle-ci avait été endommagée. Elle ouvrit le frigo. Mitchell avait besoin d'un vieux bout de fromage pour capturer le rat qu'il avait vu rôder autour de la cuisine pendant la nuit. L'animal avait réussi à grignoter le gros salami suspendu à un crochet au-dessus de l'évier et qu'il avait du coup fallu jeter. Mitchell était moins dégoûté en l'occurrence que scandalisé par ces créatures nuisibles qui venaient dévorer quelques « lichettes » d'une nourriture acquise avec un argent durement gagné. Il en faisait une affaire personnelle, comme si les rats rongeaient lentement mais sûrement le contenu de son porte-monnaie.

Pères et filles

Ainsi donc sa fille disparue dormait dans le lit de Kitty. Joe était installé dans le jardin devant son bureau de fortune, attendant que se calme la panique qui l'avait gagné et poussé à se gratter la nuque, tout en regardant son épouse qui parlait avec Laura à l'intérieur de la villa. Il luttait pour retrouver son souffle, éparpillé à tous vents. Avait-il cru que Kitty

Finch, qui avait cessé de prendre son Seroxat, avait perdu les pédales et assassiné sa fille ? Sa femme se dirigeait maintenant vers lui à travers les interstices des cyprès. Ses jambes s'agitèrent comme si une partie de lui-même avait voulu prendre la fuite ou peut-être au contraire se précipiter à sa rencontre. Honnêtement, il ne savait quelle direction prendre. Il pouvait essayer de parler à Isabel mais n'était pas sûr de parvenir à engager la conversation, ni à l'achever du reste. À certains moments il avait l'impression qu'elle était incapable de le regarder sans s'abriter aussitôt derrière l'écran de ses cheveux. Et il ne pouvait pas la regarder en face lui non plus après l'avoir si souvent trahie. Peut-être pouvait-il au moins essayer pour une fois de lui dire que lorsqu'elle abandonnait sa fille pour aller ramper sous une tente au milieu des scorpions, il en déduisait qu'elle trouvait plus de sens à sa propre vie en risquant d'être ainsi abattue dans la zone des combats qu'en restant dormir auprès de lui dans la sécurité de leur maison. Quoi qu'il en soit, il savait que sa fille avait pleuré en réclamant sa mère dans les premières années puis cessé de le faire par la suite, ayant compris que cela ne la ferait pas revenir. Périodiquement (et cette question revenait souvent le tarauder) la détresse de sa fille faisait naître en lui, son père, des sentiments qu'il n'arrivait pas à affronter avec la dignité nécessaire. Il avait raconté à ses lecteurs comment ses tuteurs l'avaient envoyé au pensionnat et comment il regardait s'éloigner les parents de ses camarades d'école les jours de visite, c'est-à-dire le dimanche : si ses propres parents étaient venus le voir il se serait planté à tout jamais lui aussi sur les empreintes qu'auraient laissées dans la poussière les pneus de leur voiture. Mais c'était durant la nuit que son père et sa mère lui rendaient visite, et non le dimanche après-midi. Ils lui apparaissaient dans des rêves qu'il s'empressait d'oublier, tout en se souvenant qu'ils essayaient de venir le chercher. Il redoutait en particulier qu'ils ne connaissent pas suffisamment de mots anglais pour se faire comprendre. Mon fils Jozef est-il ici ? Nous l'avons cherché à travers le monde entier. Il avait pleuré en les réclamant et cessé de le faire par la suite, ayant compris que cela ne les ferait pas revenir. Il regardait son épouse intelligente et bronzée dont les longs cheveux noirs cachaient le visage. Voilà la conversation qui aurait pu s'engager ou s'achever mais les mots ne venaient pas comme il l'espérait et tout se trouva aussitôt gâché. Il s'entendit lui demander si elle aimait le miel.

– Oui. Pourquoi ?

– Parce que je sais si peu de choses à ton sujet, Isabel.

Il aurait volontiers glissé la patte dans la moindre cavité des arbres de la région pour en extraire un rayon de miel et le déposer à ses pieds, s'il avait pensé que cela pouvait la faire rester un peu plus longtemps auprès de lui et de leur enfant. Mais elle le regardait d'un air hostile et lointain, ce qu'il comprenait. De toute évidence, il la dégoûtait. Elle préférait même la compagnie de Mitchell à la sienne.

Il l'entendit dire :

– Notre principal devoir, d'ici la fin de l'été, c'est de nous assurer que tout se passe bien pour Nina.

– Évidemment, que tout se passe bien pour Nina, rétorqua-t-il d'un ton brusque. Je m'occupe d'elle depuis qu'elle a trois ans et je peux t'assurer que tout se passe au mieux pour elle.

Sur ce il sortit son carnet et le stylo noir qui avait disparu ce matin, sachant qu'Isabel abandonnait la partie chaque fois qu'il se mettait à écrire et chaque fois qu'il parlait de leur fille. C'étaient les armes qui réduisaient sa femme au silence et l'obligeaient à rester dans sa vie et à préserver leur famille, aussi imparfaite et conflictuelle soit-elle. Sa fille était la grande victoire de Joe au sein de leur union, la seule chose qu'il avait vraiment réussie.

– *oui oui oui elle a dit oui oui oui qu'elle aime le miel* – son stylo traçait agressivement les mots en travers de la page tandis qu'il regardait un papillon blanc planer au-dessus du bassin. C'était comme un souffle. C'était comme un miracle. Un émerveillement. Sa femme et lui savaient des choses qu'il était impossible de connaître. Ils avaient tous les deux vu la vie écrasée, réduite à néant. Isabel assistait à des catastrophes et en rendait compte dans l'espoir que les gens s'en souviennent. Il essayait quant à lui de les oublier.

Collecte de galets

– Celui-ci a un trou au milieu.

Kitty brandissait un galet de la taille de sa main et le tendit à Nina pour qu'elle regarde au travers. Elles étaient assises sur l'une des plages publiques de Nice, en contrebas de la promenade des Anglais. Kitty disait qu'il fallait payer des fortunes pour avoir droit à une chaise longue et un parasol sur les plages privées. Que tous les gens ressemblaient à des malades sur des lits d'hôpital et que cela lui donnait la chair de poule. Le soleil avait piqueté de petits points roses son visage d'une blancheur de cire.

Obéissante, Nina regarda à travers l'orifice. Elle vit une jeune femme qui souriait, une pierre précieuse de couleur pourpre fichée entre les dents. Lorsqu'elle eut tourné le galet dans l'autre sens la femme s'était mise à déballer un panier rempli de nourriture. Il y avait également une autre femme, assise sur une chaise pliante en toile, qui retenait de la main droite la laisse d'un grand chien blanc. Le chien ressemblait à un loup des neiges, un husky aux yeux bleus. Nina les fixait à travers le trou du galet. Elle n'en avait pas la certitude mais il lui semblait bien que le loup blanc défaisait les lacets de la femme qui avait une pierre précieuse entre les dents. Nina ne distinguait que des fragments de la scène à travers l'orifice du galet. Elle s'aperçut alors que la femme en tee-shirt noir n'avait qu'un bras. Elle tourna le caillou dans le sens de la longueur et regarda au travers, plissant et fermant à moitié l'œil. Un fauteuil électrique à roulettes décoré de coquillages se dressait à côté de la chaise pliante. Les deux femmes s'embrassaient à présent. Comme deux amantes. En les voyant penchées de la sorte l'une vers l'autre, Nina perçut l'accélération de son propre souffle. Elle se demandait depuis le début des vacances ce qu'il se passerait si jamais elle se retrouvait seule en compagnie de Claude. Il l'avait invitée à venir un jour prendre l'apéritif, comme il disait. Elle n'était pas sûre de savoir de quoi il s'agissait au juste mais quelque chose de nouveau venait de toute façon de se produire et cela changeait tout.

La nuit dernière lorsqu'elle s'était réveillée elle avait découvert qu'elle avait eu ses règles pour la première fois. Elle s'était résolue à enfiler son maillot de bain, n'ayant rien trouvé d'autre, et était allée frapper à la porte de Kitty pour lui annoncer la nouvelle. Kitty était réveillée, allongée sous une vieille nappe, une de ses robes roulée en boule en guise de traversin.

– Ça y est, c'est parti.

Au début Kitty n'avait pas compris de quoi elle parlait. Puis elle avait saisi la main de Nina et elles s'étaient précipitées dans le jardin. Nina distinguait son ombre qui se découpait à la fois sur l'eau du bassin et sur l'étendue du ciel. Elle était haute et longue, elle n'avait ni commencement ni fin, son corps s'étalait de toutes parts, vaste et illimité. Elle avait envie de nager et lorsque Kitty insista en lui disant que le sang n'avait aucune importance, elle se risqua à ôter son maillot et se retrouva nue, regardant son ombre jumelle défaire ses bretelles avec plus d'assurance qu'elle n'en éprouvait elle-même. Elle finit par plonger dans la piscine et alla se cacher sous le tapis de feuilles qui flottaient à la surface, sans trop savoir ce qu'elle allait faire de ce nouveau corps qui était en train de se transformer en une entité inconnue et un peu inquiétante.

Kitty la rejoignit à la nage et lui montra les escargots argentés sur le dallage. Elle lui dit que les étoiles étalaient leur poussière sur tout. Qu'il y avait des débris d'étoiles brisées jusque sur les coquilles des escargots. Puis elle cligna des yeux.

bla bla bla bla bla cligna des yeux.

Nue dans l'eau du bassin, Nina feignait d'avoir de sérieuses difficultés d'élocution et émettait intérieurement des balbutiements qui résonnaient à l'intérieur de son crâne. Elle avait l'impression d'être quelqu'un d'autre. Quelqu'un qui venait d'apparaître. Et qui n'était pas elle. Elle se sentait insupportablement heureuse et plongea la tête sous l'eau pour célébrer le miracle que constituait l'arrivée de Kitty Finch. Elle n'était plus seule avec Laura Mitchell sa mère son père dont elle n'était pas sûre qu'ils s'apprécient peu importe qu'ils s'aiment vraiment les uns les autres.

Nina jeta le galet dans la mer, ce qui eut l'air de contrarier Kitty. Elle se releva et aida ensuite Nina à se redresser.

– Il me faut d'autres galets. Celui que tu viens de rejeter était parfait.

– Que comptes-tu en faire ?

– Les étudier.

Nina boitillait parce que ses baskets frottaient contre ses ampoules, au niveau du talon.

– Ils sont trop lourds à transporter, grommela-t-elle. Je veux rentrer à présent.

Kitty transpirait et son haleine sentait bon.

– Bon d'accord, désolée de te faire perdre ton temps. As-tu déjà passé la serpillière, Nina ? T'es-tu jamais retrouvée à quatre pattes avec un engin pareil à la main tandis que ta mère te hurle dans les oreilles et te demande de bien frotter dans les coins ? As-tu passé l'aspirateur dans les escaliers, sorti les poubelles ?

L'adolescente chouchoutée au short coûteux (elle avait vu l'étiquette) et aux mèches de cheveux bien égalisées avait probablement atteint l'âge de quatorze ans sans avoir à lever le petit doigt.

– Il faut que tu ramènes quelques problèmes tangibles dans ta baraque branchée londonienne.

Elle posa le sac à dos plein de galets et s'avança dans la mer, toujours revêtue de la robe beurre-frais qui à l'en croire lui donnait une pêche d'enfer. Nina la regarda plonger dans une vague. La baraque londonienne à laquelle Kitty venait de faire allusion n'avait en fait rien de bien idyllique. Son père était constamment enfermé dans son bureau. Sa mère était toujours absente, ses chaussures et ses robes s'alignaient dans la penderie comme celles d'une morte. Lorsqu'elle avait sept ans et qu'elle avait en permanence des lentes dans les cheveux, la maison baignait dans l'odeur des potions magiques qu'elle fabriquait à partir des crèmes de jour de sa mère et de la mousse à raser de son père. D'autres odeurs planaient alors dans la grande maison de l'ouest londonien. Celles des petites amies de son père et de leurs divers shampoings. Et du parfum de son père, fabriqué à son intention par une Suisse de Zurich ayant épousé un homme qui possédait en Bulgarie deux pur-sang coutumiers des concours hippiques. Il prétendait que les parfums qu'elle lui envoyait lui « ouvraient l'esprit ». Son préféré notamment, baptisé Eau hongroise. La baraque branchée baignait dans l'odeur de son statut particulier et des draps qu'il ne manquait jamais de fourrer dans le lave-linge le matin après le départ de ses petites amies. Ou de la confiture d'abricot qu'il piochait à la cuillère dans le pot. Il prétendait que la confiture changeait le climat intérieur de son corps mais elle ignorait alors ce qu'était le climat, pour commencer.

Elle en savait pourtant davantage qu'elle ne l'avouait. Parfois lorsqu'elle pénétrait dans son bureau elle lui trouvait un air triste, le dos voûté dans sa robe de chambre, immobile et silencieux comme si quelque chose l'avait cloué sur place. Elle avait l'habitude des journées où il restait effondré dans son fauteuil, refusant de la regarder et même de se lever plusieurs nuits d'affilée. Elle refermait la porte du bureau et lui apportait des tasses de thé qu'il ne buvait jamais, elles étaient toujours là quand elle venait lui parler depuis la porte (une fine pellicule beige s'était formée à la surface du thé) et lui demandait de lui donner un peu d'argent pour le déjeuner ou de signer une lettre l'autorisant à participer à un voyage scolaire. Elle avait fini par les signer elle-même avec son stylo-plume, ce pourquoi elle savait toujours où se trouvait celui-ci, généralement sous son lit ou dans un verre à la salle de bains, tête-bêche au milieu des brosses à dents. Elle avait dessiné un modèle de signature qu'elle arrivait toujours à reproduire, les initiales J. H. J. avec un point après chaque lettre et une sorte d'accent sur le dernier J. Au bout de quelques jours la bonne humeur finissait par reprendre le dessus et il l'emmenait à l'Angus Steak House où ils s'asseyaient immanquablement sur la même banquette élimée de velours rouge. Ils ne parlaient jamais de son enfance à lui ni de ses petites amies. Il s'agissait moins d'un pacte tacite entre eux que d'une écharde secrète, un petit éclat de verre qu'elle aurait eu en permanence sous le pied, toujours présent, légèrement douloureux, mais auquel elle avait fini par s'accoutumer.

Lorsque Kitty revint dans sa robe ruisselante d'eau de mer, elle lui dit quelque chose mais le husky aboya au même instant en pourchassant une mouette. Nina vit seulement remuer les lèvres de Kitty et comprit avec un petit serrement de cœur qu'elle était toujours en colère ou que quelque chose allait de travers. Tandis qu'elles regagnaient la voiture Kitty lui dit :

– Je dois retrouver ton père demain au café de Claude. Il va me parler de mon poème. Je suis un peu nerveuse, Nina. J'aurais dû me trouver un boulot pour l'été, une place de serveuse dans un pub à Londres, et oublier tout ça. Je ne sais pas ce qui va se passer.

Nina ne l'écoutait pas. Elle venait d'apercevoir un jeune homme en short argenté qui faisait du roller sur l'esplanade, un sac rempli de citrons calé sous son bras bronzé. Il ressemblait un peu à Claude mais ce n'était pas lui. Elle entendit un oiseau pousser un hurlement qui ressemblait à un cri d'agonie mais ne se donna même pas la peine de faire volte-face pour regarder la plage. Peut-être le husky ou le loup blanc avait-il réussi à attraper cette mouette, finalement. Ou peut-être que non, en tout cas elle apercevait à présent la vieille dame qui habitait la maison voisine et qui marchait sur la promenade. Elle parlait avec Jurgen, qui arborait des lunettes de soleil aux verres mauves en forme de cœur. Nina les héla et leur fit un grand signe.

– C'est Madeleine Sheridan, notre voisine.

Kitty releva les yeux.

– Oui, je sais. Cette vieille sorcière…

– Vraiment ?

– Oui. Elle m'appelle Katherine et a bien failli me tuer.

Après avoir prononcé ces mots Kitty eut un geste bizarre, si inquiétant que Nina se demanda si elle n'avait pas eu la berlue. Elle se pencha en arrière, de sorte que ses longs cheveux cuivrés frôlaient presque ses mollets, et se mit à secouer la tête de droite à gauche et à toute allure, tout en brandissant et en agitant frénétiquement les mains. Nina distinguait les plombages de ses dents. Puis Kitty redressa la tête et fit un doigt à Madeleine Sheridan.

Kitty Finch était cinglée.

Assistance médicale en provenance d'Odessa

Madeleine Sheridan tentait de payer le cornet de noisettes caramélisées qu'elle venait d'acheter à un vendeur mexicain sur l'esplanade. L'odeur du sucre brûlé accroissait son envie de dévorer ces noisettes qui allaient enfin l'étouffer, espérait-elle, et entraîner sa mort. Ses ongles s'effritaient, ses os se fragilisaient, ses cheveux étaient de plus en plus rares et il y avait belle lurette qu'elle n'était plus svelte. Elle était devenue une grosse grenouille avec l'âge et si quelqu'un avait eu l'étrange idée de l'embrasser elle ne serait pas redevenue une princesse pour autant, étant donné qu'elle ne l'avait jamais été.

– Ces fichues pièces... Quelle est donc celle-ci, Jurgen ? (Avant que Jurgen ait pu répondre, elle chuchota.) Vous avez vu *le geste* que m'a fait Kitty Finch ?

Jurgen haussa les épaules.

– Bien sûr. Kitty Ket vous adresse un message. Mais elle a de nouveaux amis maintenant qui suffisent à son bonheur. Il faut que je pense à réserver cette balade à cheval pour Nina. C'est Ket qui l'accompagnera.

Elle laissa l'Allemand la prendre par le bras et l'entraîner (un peu trop vite à son gré) vers l'un des bars de la plage. Il était la seule personne à qui elle parlait de la vie qu'elle menait jadis en Angleterre et de la fuite qui avait mis un terme à son mariage. L'état d'hébétude constante dans laquelle se trouvait le jeune Allemand l'empêchait de la juger. Malgré leur différence d'âge elle appréciait sa compagnie. N'ayant rien d'autre à faire dans l'existence que de vivre aux crochets des gens, il renvoyait à Madeleine Sheridan une impression de dignité plutôt que de tristesse, sans doute parce qu'il ne l'écoutait pas.

Aujourd'hui c'était elle qui l'écoutait à peine. L'arrivée de Kitty Finch n'était pas une bonne nouvelle. Voilà ce qu'elle pensait en regardant le bateau à moteur qui dessinait des cicatrices d'écume blanche à la surface crayeuse et bleue de la mer. Il avait déniché une table à l'ombre et l'aidait à s'asseoir dans un fauteuil beaucoup trop étroit pour une grenouille comme elle, qui allait devoir se tordre dans tous les sens et souffrir le martyre dans un engin pareil. C'était un manque d'égards de sa part mais elle était trop perturbée par l'apparition de Kitty Finch pour lui en vouloir.

Elle essaya de se calmer et insista pour que Jurgen enlève ses lunettes de soleil.

– Je vous assure, Jurgen, on a l'impression de fixer deux trous noirs.

Dans quatre jours ce serait son anniversaire et pour l'instant elle avait soif, à cause de la chaleur, elle mourait littéralement de soif. Cela faisait des jours qu'elle attendait ce déjeuner. Le matin même elle avait téléphoné à son restaurant préféré pour demander ce qu'il y avait au menu, où serait située leur table et si le maître d'hôtel pouvait lui réserver une place de parking juste devant l'entrée en échange d'un généreux pourboire. Elle cria pour appeler le garçon et commanda un whisky pour elle et un Pepsi pour Jurgen, qui s'abstenait de boire de l'alcool pour des raisons d'ordre spirituel. C'était dur pour une vieille dame d'attirer l'attention des garçons occupés à servir des femmes aux seins nus qui prenaient le soleil en tongs. Elle avait lu quelque chose au sujet des *siddhas* hindous qui parviennent à se rendre invisibles à force de concentration et de méditation. Elle avait réussi pour sa part, sans le moindre entraînement, à se rendre invisible aux yeux du serveur. Elle leva les bras et les agita comme si elle avait voulu attirer l'attention d'un avion depuis une île déserte. Jurgen lui montra l'accordéoniste de Marseille juché sur une caisse en bois, à côté du flipper qui clignotait. Le musicien transpirait dans un costume noir beaucoup trop grand pour lui.

– Il va jouer dans un mariage cet après-midi. C'est l'apiculteur de Valbonne qui me l'a dit. Si je me marie un jour je lui demanderai moi aussi de venir jouer de l'accordéon à mon mariage.

Tout en sirotant un whisky remporté de haute lutte, Madeleine Sheridan fut surprise de l'entendre parler d'une voix brusquement suraiguë.

– Le mariage n'est pas une bonne idée, Jurgen.

Absolument pas. Elle entreprit de lui raconter (pour la énième fois) comment les deux grands départs de sa vie avaient consisté un/ à quitter sa famille pour faire ses études de médecine et deux/ à quitter son mari pour venir s'installer en France. Elle était arrivée à la conclusion que l'amour qu'elle vouait à Peter Sheridan ne la comblait pas et avait troqué une respectable vie de malheur contre le malheur moins respectable d'une femme ayant renoncé à l'amour. Il lui semblait à présent, en regardant son compagnon de table dont la voix s'était mise à trembler comme une feuille, qu'il souhaitait emprisonner dans de nouveaux fers un cœur déjà menacé (par l'abus du tabac) et renoncer au cercle de sa vie solitaire, ce qui était à proprement parler un affront.

Cela lui rappela le jour où ils marchaient sur la plage à Villefranche et avaient vu passer une noce sur le port. La mariée avait une robe de taffetas jaune et le marié un costume de satin crème. Elle s'était bruyamment moquée d'eux mais qu'avait cru bon de lui rétorquer ce hippie de Jurgen ?

– Donnez-leur une chance.

Et c'était le même type qui quelques mois plus tôt avait déclaré à sa petite amie que personne ne l'avait jamais vraiment poussé à se marier… La fille ne l'avait pas cru et l'avait entraîné dans un restaurant argentin spécialisé dans les barbecues pour lui faire sa déclaration. Il y avait des piles de bûches odoriférantes et des montagnes de viande de bœuf en provenance de la pampa grillaient sur le feu. La petite amie dévorait sa viande rouge à belles dents jusqu'à ce qu'elle remarque que Jurgen n'y touchait pas et se souvienne brusquement qu'il était un végétarien convaincu. Peut-être avait-elle ri trop fort quand il lui avait raconté la scène.

– Je crois que Kitty Finch me veut du mal.

– *Ach, nein*. (Jurgen fronça les sourcils comme s'il souffrait.) Ket ne peut se faire du mal qu'à elle-même. Claude m'a demandé pourquoi madame Jacobs avait insisté pour qu'elle reste chez eux mais je n'en ai pas la moindre idée.

Madeleine Sheridan posa sur son jeune ami son regard embrumé de myope.

– Je crois qu'elle souhaite que la ravissante jeune folle vienne distraire son mari, ce qui lui donnera enfin un prétexte pour le quitter.

Jurgen eut soudain envie de payer un verre à l'accordéoniste. Il appela le serveur et lui demanda d'offrir de sa part une bière à l'homme au complet trop grand. Madeleine regarda le serveur chuchoter à l'oreille du musicien et essaya de chasser de son esprit la scène au cours de laquelle elle avait fait la connaissance de

Kitty Finch dans le tunnel près du marché aux fleurs du cours Saleya, quatre mois plus tôt. Leur rencontre était venue s'ajouter à la longue liste des choses qu'elle aurait aimé oublier.

Elle était tombée sur la jeune Anglaise aux cheveux flamboyants par une fraîche matinée de printemps en allant acheter deux savons de Marseille, l'un parfumé à l'huile de palme l'autre à l'huile d'olive, auxquels le fabricant local mélangeait diverses plantes méditerranéennes. Kitty était nue et parlait toute seule, assise sur une caisse de prunes pourries abandonnée par les maraîchers à la fin du marché. Les sans-abri qui dormaient dans le tunnel la reluquaient en ricanant et en faisant des remarques salaces sur sa nudité. Lorsque Madeleine Sheridan lui avait demandé ce qui était arrivé à ses vêtements elle lui avait répondu qu'ils étaient sur la plage. Madeleine avait proposé de prendre sa voiture et d'aller les chercher. Kitty n'avait qu'à rester ici en attendant son retour. Elle la ramènerait ensuite à la villa où elle résidait pour étudier les plantes de montagne. Elle y séjournait souvent lorsque Rita Dwighter ne la louait pas à des spéculateurs fonciers à la retraite parce que la mère de Kitty avait jadis été sa femme de ménage. Mrs Finch avait été le bras droit, la secrétaire et la cuisinière de Rita Dwighter, mais avant tout sa femme de ménage, ayant toujours vécu un balai à la main.

Kitty Finch lui avait répondu qu'elle ferait mieux de décamper si elle ne voulait pas qu'elle appelle la police. Madeleine Sheridan aurait pu l'abandonner à son triste sort mais elle ne le fit pas. Kitty était trop jeune pour continuer à parler toute seule au milieu de ces vieux débris qui avaient les yeux rivés sur ses seins. À sa grande surprise la folle se ravisa brusquement. Elle avait laissé son jean, un tee-shirt et sa paire de chaussures rouges à pois, sa préférée, sur la plage située en face de l'hôtel Negresco. Kitty s'était penchée vers elle et lui avait chuchoté à l'oreille : « Merci. J'attendrai ici pendant que vous allez les chercher. » Madeleine Sheridan avait tourné à la sortie du tunnel. Dès qu'elle avait eu la certitude que Kitty ne pouvait plus la voir elle avait appelé une ambulance.

Selon elle, Katherine Finch souffrait d'anxiété psychique, d'anorexie, de manque de sommeil, d'agitation, de pulsions suicidaires, d'un manque de confiance en l'avenir et d'un défaut de concentration.

Le musicien leva son verre de bière pour remercier l'homme aux hanches étroites assis en compagnie de la vieille dame.

Kitty Finch avait survécu à son diagnostic. Sa mère l'avait ramenée en Grande-Bretagne et elle avait passé deux mois dans un hôpital du Kent, le jardin de l'Angleterre. Les infirmières étaient apparemment toutes originaires de Lituanie, d'Odessa ou de Kiev. Avec leurs uniformes blancs elles ressemblaient à des flocons de neige sur les pelouses bien vertes et impeccablement tondues de l'hôpital. C'était ce que Kitty avait déclaré à sa mère et que Mrs Finch avait rapporté à Madeleine, laquelle avait été stupéfaite d'apprendre que les infirmières fumaient comme des sapeurs à chaque pause déjeuner.

Jurgen lui donna un petit coup de coude. L'accordéoniste de Marseille jouait un air pour elle mais elle était trop agitée pour l'écouter. Kitty avait survécu et était revenue pour la punir. Peut-être même pour la tuer. Pourquoi serait-elle ici, sinon ? Elle ne pensait pas que Kitty fût en état d'emmener Nina à la plage ni de conduire à travers ces dangereuses routes de montagne. Elle aurait dû le dire à Isabel Jacobs mais elle n'arrivait pas à trouver en elle la force nécessaire à une telle conversation. Elle avait beau s'être arrêtée alors qu'elle allait acheter du savon et avoir appelé une ambulance, elle n'avait pas l'impression d'avoir les mains tout à fait propres dans cette affaire. N'empêche, le fait de l'avoir retrouvée nue sur la place publique, se balançant d'avant en arrière et psalmodiant un discours incohérent, l'avait inquiétée quant à l'état de la malheureuse jeune femme. On ne pouvait pas refuser d'être sauvé d'un tel désordre mental.

Lorsque l'accordéoniste opina du menton à l'intention de Jurgen, le gardien comprit que la chance était de son côté. Il allait pouvoir lui acheter du haschich, Claude et lui le fumeraient et foutraient le camp de cette Côte d'Azur où les touristes ne demandaient qu'à venir s'entasser. Il remit ses lunettes de soleil aux verres violets et dit à Madeleine Sheridan qu'il était très, très heureux aujourd'hui mais qu'il se sentait également un peu encombré du côté intestinal. Il avait l'impression d'avoir les boyaux bouchés, tout cela parce qu'il ne parvenait pas à réaliser son rêve. Et quel était donc son rêve ? Il but une gorgée de Pepsi et remarqua que la doctoresse anglaise s'était mise sur son trente et un pour ce déjeuner. Elle avait mis du rouge à lèvres et s'était fait friser les cheveux, enfin ce qu'il en restait. Il ne pouvait décemment pas lui dire que son rêve était de gagner au Loto et d'épouser Kitty Ket.

Mardi

Lire et écrire

Joe Jacobs était allongé sur le dos dans la chambre principale, telle qu'on la désignait dans la brochure publicitaire de la villa, et rêvait d'un plat au curry. L'endroit où il aurait le plus aimé se trouver en cet instant précis était l'atelier de son tailleur hindou à Bethnal Green. Environné de soie. À boire du thé sucré. Ce qui lui manquait dans les Alpes-Maritimes c'étaient les *dhal*. Le yoghourt. Le riz. Et les bus. Il songeait avec nostalgie aux bus à deux étages. Aux quotidiens britanniques. Et aux bulletins météo. Il lui arrivait de rester assis dans son bureau de l'ouest londonien, la radio allumée, à écouter attentivement les prévisions concernant le temps qu'il ferait en Écosse, en Irlande et au pays de Galles. Si le soleil brillait sur l'ouest de Londres, cela le rassurait de savoir qu'il neigerait en Écosse et qu'il pleuvrait au pays de Galles. Pour l'instant il allait devoir se rasseoir, impossible de rester couché. Pire encore, il fallait se lever et remettre la main sur le poème de Kitty Finch. Il entendait au loin Mitchell qui s'entraînait à tirer sur des lapins dans le verger. Il s'agenouilla sur le plancher et récupéra l'enveloppe usagée qu'il avait glissée sous le lit. Il la tint entre ses mains et considéra le titre inscrit par l'auteur, de l'écriture appliquée d'une botaniste habituée à réaliser des croquis précis de ses plantes et à les étiqueter.

Sous l'eau
par
Kitty Finch

Lorsqu'il eut enfin extrait la feuille de papier qui se trouvait à l'intérieur il fut surpris de constater que sa main tremblait, comme la main de son père aurait tremblé s'il avait vécu assez longtemps pour continuer à réparer des bouilloires dans son grand âge. Il approcha la feuille de ses yeux et se contraignit à lire les mots qui flottaient sur la page. Puis il éloigna la feuille et la lut une deuxième fois. Mais elle n'était pas facile à déchiffrer, de quelque manière qu'on s'y prenne. Les mots étaient éparpillés dans tous les sens, dérivant vers les bords du rectangle de papier et disparaissant parfois pour revenir au centre de la page lignée, lourds du triste message vers lequel ils tendaient. Qu'avait-elle espéré qu'il lui dise, après avoir lu une chose pareille ? Il était un peu perplexe. La camionnette du poissonnier arrivait aux abords de la villa, une voix hurlait au haut-parleur le nom des différents poissons. Il y en avait des *petits* et des *gros*, certains coûtaient six francs, d'autres treize. Aucun d'eux n'avait réussi à nager jusque chez lui. Tous avaient été capturés en cours de route. Le ruban adhésif qui scellait l'enveloppe lui faisait penser à un plâtre qu'on aurait mis sur une égratignure. Il prit une profonde inspiration et expira lentement. Il allait falloir qu'il fasse son numéro tout à l'heure, pendant ce déjeuner. Il vérifia que son porte-monnaie se trouvait bien dans la poche intérieure de sa veste et remit l'enveloppe sous le lit, en se disant une fois encore qu'il détestait décidément les mardis. Ainsi que les mercredis, les jeudis, les vendredis, etc.

et cetera

Locution latine signifiant « et autres choses », « et ainsi de suite » ou « le reste de ces choses ». Le poème « Sous l'eau » se composait pour l'essentiel d'etc. Il en avait compté jusqu'à sept rien que dans la moitié supérieure de la page. Quel genre de langage était-ce là ?

> Ma mère prétend que je suis l'unique joyau de sa couronne
> Mais comme je l'ai fatiguée avec tous mes etc.
> Elle marche à présent avec des cannes

Accepter son langage, c'était accepter qu'elle tienne son lecteur, c'est-à-dire lui-même, en très haute estime. Elle lui demandait de se débrouiller avec ça mais tout ce qu'il pouvait en dire c'est que chaque etc. dissimulait quelque chose qui ne pouvait pas être dit.

Kitty l'attendait sur la terrasse du café de Claude. À son grand déplaisir il remarqua que Jurgen était assis à la table d'en face, jouant apparemment avec un morceau de ficelle qu'il tressait entre ses doigts comme une sorte de toile d'araignée. Il était désormais clair à ses yeux que Jurgen se comportait comme un chien de garde à l'égard de Kitty Finch. Il ne montrait pas exactement les dents devant chaque intrus qui se présentait mais adoptait une attitude à la fois protectrice et possessive à son endroit. Il semblait avoir oublié que l'intruse, c'était elle. Quoi qu'il en soit, Jurgen était évidemment là pour s'assurer que les gens qui s'approchaient d'elle étaient bienvenus et qu'il ne s'agissait pas de vagues rôdeurs. Il ne semblait d'ailleurs pas susciter un grand intérêt chez la jeune femme. Comme si elle avait su qu'il suffisait de le caresser ou de lui flatter l'échine, en évitant de faire le moindre geste qui puisse l'encourager à aller au-delà de la simple vigilance.

– Bonjour, Joe.

Kitty souriait. Son front était aussi rouge que si elle y avait appliqué un fer à repasser brûlant. Elle était rousse et le soleil n'avait pas épargné sa peau claire.

Joe acquiesça et s'assit en jouant avec les pièces de monnaie qui traînaient dans la poche de sa veste.

– Vous devriez mettre de la crème solaire, Kitty, dit-il d'un air paternel.

Claude, qui ressemblait chaque jour un peu plus à Mick Jagger et mettait tout en œuvre pour encourager cette heureuse similitude génétique, se dirigea vers leur table en apportant une grande bouteille d'eau minérale et deux verres. Joe saisit ce prétexte pour gagner un peu de temps et éviter de parler du poème qu'il avait refourré sous son lit en compagnie des blattes, etc.

Il se tourna vers Kitty.

– C'est vous qui avez commandé ça ?

Elle hocha négativement la tête et se tourna vers Claude. À sa grande surprise Joe s'exclama :

– Vous avez quelque chose contre l'eau du robinet ?

Claude le considéra avec un évident mépris.

– L'eau du robinet est pleine d'hormones, rétorqua-t-il.

– C'est faux, répondit Joe. L'eau minérale est juste un bon moyen pour extorquer un peu plus d'argent aux touristes.

Claude se mit à rire. Le seul autre bruit perceptible était celui des oiseaux. Et le bourdonnement nerveux émanant de Kitty Finch, qui était d'ailleurs une sorte d'oiseau ou de créature féerique elle aussi. Il était incapable de la regarder et ne quittait pas Claude des yeux.

– Dites-moi, monsieur… Votre pays est-il donc incapable de fournir une eau potable à ses concitoyens ?

Avec l'assurance d'un maquereau de bas-étage montrant ses nouveaux boutons de manchette en diamant, Claude décapsula la bouteille d'eau glacée et se dirigea vers le châtaignier au pied duquel dormaient ses chiens. Il adressa un petit clin d'œil à Jurgen tout en versant l'eau minérale dans les soucoupes en céramique qui étaient posées entre leurs pattes. Les chiens lapèrent quelques gorgées d'eau d'un air indifférent avant d'y renoncer. Claude leur tapota le crâne et regagna l'intérieur du café. Il en ressortit bientôt, brandissant une carafe d'eau trouble et tiède tirée du robinet qu'il tendit au poète anglais.

Joe remplit son verre et le leva face au soleil.

– Je suppose, lança-t-il à l'intention du gardien toujours occupé à démêler sa ficelle, que cette eau provient d'un marais putride. (Il but son contenu d'un trait et montra le verre vide.) Voici de l'eau telle qu'on en trouve dans les profondeurs des océans et de la banquise polaire… dans les nuages comme dans les rivières… Et que…

Claude claqua des doigts sous le nez du poète.

– Merci pour cette leçon de géographie, monsieur. Mais nous aimerions plutôt savoir si vous avez lu le poème de notre amie ici présente. Parce qu'elle nous a dit que vous étiez un poète respecté et que vous lui aviez aimablement proposé de lui donner votre sentiment.

Joe fut bien obligé de regarder Kitty Finch, cette fois-ci. Ses yeux gris qui viraient parfois au vert irradiaient d'une mystérieuse présence dans son visage brûlé par le soleil. Elle ne paraissait pas embarrassée le moins du monde par l'intervention de Claude. On aurait dit au contraire que cela l'amusait, voire qu'elle lui en était reconnaissante. Joe songea que c'était la pire journée de ses vacances. Il était trop vieux et avait trop de choses à faire pour supporter cette bande de crétins, plus fascinés par lui qu'il ne l'était par eux.

– Il s'agit d'une conversation privée entre deux écrivains, dit-il d'une voix calme sans s'adresser à quelqu'un en particulier.

Kitty se mit à rougir et regarda ses pieds.

– Vous me considérez donc comme un écrivain ?

Joe fronça les sourcils.

– Oui, dit-il, la chose me paraît vraisemblable.

Il jeta un regard nerveux vers Jurgen, apparemment perdu dans les méandres de sa ficelle. Les chiens s'étaient mis à laper dans leurs soucoupes la coûteuse eau minérale. Claude exécuta un pas de danse et regagna le café où il avait punaisé une affiche de Charlie Chaplin debout dans un cercle de lumière, le visage livide et la canne entre les jambes. En dessous s'étalait le titre : *Les Temps modernes*. Juste à côté trônait la nouvelle figurine de E.T., le petit extraterrestre auquel il avait passé un collier de lierre en plastique. Il entreprit de faire revenir les pommes de terre de la veille dans de la graisse de canard et jeta un coup d'œil à travers la fenêtre pour voir où en étaient le poète et Kitty Ket.

Kitty se pencha et toucha du bout des doigts l'épaule de Joe. C'était un geste étrange, comme si elle avait voulu s'assurer qu'il était bien là.

– J'ai tous vos livres dans ma chambre.

Elle parlait d'une voix vaguement menaçante. Comme si, du fait qu'elle possédait ses livres, il lui devait quelque chose en retour. Les boucles cuivrées de ses longs cheveux en désordre retombaient sur ses épaules comme un rêve merveilleux qu'il aurait pu inventer afin de se remonter le moral. Comment avait-elle réussi à monopoliser tant de beauté ? Il émanait d'elle une odeur de rose. Elle était douce, souple et svelte. Elle aimait les plantes. Elle avait la main verte. Et, plus littéralement, des ongles verts. Elle l'admirait, cherchait à capter son attention et elle l'intriguait, mais il n'aurait même pas dû se donner la peine de lire son poème parce qu'il savait d'avance ce qu'il contenait.

Faisant preuve d'une humilité et d'une équité inattendues, Claude déposa sur leur table un saladier rempli de laitue et de pommes de terre sautées. Joe saisit un morceau de pomme de terre et le plongea dans la moutarde.

– J'ai réfléchi à votre titre… « Sous l'eau »…

Il parlait d'une voix désinvolte, plus nonchalante qu'il ne l'aurait voulu, s'abstenant de lui faire part des réflexions que lui inspirait ce titre. Le bassin rectangulaire de la piscine qui avait été creusée sur le terrain de la villa lui faisait penser à un cercueil. Un cercueil qui flottait, grand ouvert, éclairé dans les profondeurs de l'eau par les lampes qui faisaient pester Jurgen lorsqu'il devait changer leurs ampoules incandescentes, ce qui s'était déjà produit à deux reprises depuis leur arrivée. Une piscine n'était qu'un trou creusé dans le sol. Une tombe remplie d'eau.

Deux parapentes de soie jaune dérivaient entre les montagnes. Les étroites rues pavées du village étaient désertes. Les parapentes se posèrent près de la rivière et non sur leur base habituelle, cinq kilomètres plus loin.

Kitty fourra plusieurs feuilles de laitue dans sa bouche. Un chat maigrichon vint se frotter contre ses chevilles tandis qu'elle laissait tomber ses pommes de terre sous la table. Elle se pencha en avant.

– Il m'est arrivé un drôle de truc cette année. Je me suis mise à oublier des choses.

Elle fronça les sourcils et il remarqua que des cloques commençaient à apparaître sur la peau de son front.

– Quel genre de choses ?

– Je ne me souv souv souv souv souv…

Elle n'était pas poète. Elle était elle-même un poème. Elle était à deux doigts d'exploser, d'éclater en deux. Joe songeait que c'étaient ses poèmes à lui qui l'avaient rendue am am am amoureuse de lui. Cette pensée était intolérable. Il ne pouvait pas la supporter. Elle était toujours en train d'essayer de se souvenir comment on disait se souvenir.

S'il était incapable de lui parler de son poème, à quoi était-il bon ? Il pouvait aussi bien se retirer à la campagne et tenir le stand de la tombola lors de la fête de la paroisse. Ou se mettre à écrire des histoires qui se dérouleraient dans les années du déclin de l'empire et où figurerait un chauffeur âgé mais loyal au volant d'une Humber V8 Snipe noire et poussiéreuse.

C'était une lectrice intelligente, elle était un peu perturbée et elle avait des pensées suicidaires, mais à quoi s'attendait-il au juste concernant ses lecteurs ? Qu'ils mangent tous correctement leurs légumes, qu'ils disposent d'un fonds de pension et d'un salaire régulier, d'un abonnement annuel à un club de gym et d'une carte de fidélité dans leur supermarché préféré ?

L'adrénaline brouillait son regard, les etc. de son poème étaient comme une lueur aveuglante, un vacarme assourdissant. Et si tout cela n'était pas suffisamment inquiétant, l'attention qu'elle portait aux détails de la vie quotidienne l'était bien davantage, tout comme son intérêt pour le pollen, le combat que menaient les arbres et l'instinct des animaux. Pour la difficulté qu'il y avait à feindre d'être constamment sain d'esprit, pour sa manière de marcher (il n'avait jamais parlé à sa famille de ce rhumatisme qui lui donnait l'impression d'être un vieillard), pour les différentes humeurs et les divers sentiments qui les agitaient tous. Il l'avait observée la veille tandis qu'elle libérait des abeilles emprisonnées dans le verre d'une lampe comme si c'était elle qui avait été retenue prisonnière. Elle était aussi réceptive qu'il était possible de l'être, c'était une exploratrice, une aventurière, un cauchemar vivant. Chaque moment passé en sa compagnie était empreint d'une sorte d'urgence, son langage était toujours trop direct, trop cru, trop vrai.

Il n'y avait rien à faire devant cela, sinon mentir.

– Je suis désolé, Kitty, mais je n'ai pas encore lu votre poème. J'ai un délai à respecter, je me suis engagé envers mon éditeur. ET je dois donner une lecture à Cracovie dans trois semaines. ET j'ai promis à Nina de l'emmener à la pêche cet après-midi.

– Je comprends. (Elle se mordit la lèvre et détourna les yeux.) Je comprends, répéta-t-elle et sa voix se brisa.

Jurgen semblait avoir disparu et Kitty se rongeait les doigts.

– Pourquoi ne le feriez-vous pas lire à Jurgen ?

Il regretta aussitôt d'avoir prononcé ces paroles. Le visage de Kitty changea littéralement de couleur. Ce n'était plus une légère rougeur mais un court-circuit généralisé. Un fil électrique se mettant à fondre. Elle le dévisagea avec une telle hostilité qu'il se demanda ce qu'il avait bien pu faire de si terrible.

– Mon poème est un dialogue avec vous, dit-elle. Et avec personne d'autre.

Les choses ne devaient pas se passer ainsi, il ne fallait pas qu'il se mette à la considérer sous l'angle amoureux, et pourtant c'était bien ce qui se passait. Il serait allé jusqu'au bout du monde pour dénicher l'amour. Il essayait de se retenir mais il y avait toujours de nouvelles découvertes à faire. Il l'imaginait sur une plage anglaise, un thermos de thé dans son sac, évitant les vagues glacées et traçant son nom sur le sable à l'ombre des centrales nucléaires qui se profilaient au loin. Ce paysage lui correspondait davantage, il constituait un poème catastrophique en soi. Il l'avait touchée avec ses mots mais savait qu'il ne devait pas la toucher, lui, de quelque façon que ce soit, et surtout pas de manière littérale, en posant par exemple ses lèvres sur elle. Ce serait abuser de la situation. Il fallait qu'il lutte contre cette tentation. Jusqu'à quand ? Il l'ignorait, mais il lutterait jusqu'au bout. S'il avait eu des penchants religieux il se serait agenouillé et mis à prier. Père, ôte ce fardeau de mes épaules. Disperse-le au loin. Il savait que cette plainte ou ce vœu voire ce chant s'adressait tout autant à son propre père, le morne patriarche barbu, l'ombre qu'il avait poursuivie sa vie durant, etc. Son père lui disait au revoir, etc. Sa mère lui disait au revoir, etc. Il était caché au fond d'une forêt obscure, dans l'ouest de la Pologne, etc.

Kitty se leva et se mit à fouiller dans son porte-monnaie. Il lui dit de ne pas s'occuper de ça, qu'il comptait bien l'inviter à déjeuner, mais elle insista pour payer sa part. Son porte-monnaie était plat comme une galette, il n'y avait visiblement rien à l'intérieur, mais cela ne l'empêchait pas d'y chercher quelques pièces. Il insista. Pour lui vraiment ce n'était rien du tout. Voulait-elle bien le laisser régler l'addition ? Elle se mit à hurler tandis que ses doigts raclaient désespérément le fond du porte-monnaie, lui hurler de se taire se taire se taire, pour qui se prenait-il, pour qui la prenait-il donc ? Écarlate, furibonde, elle dénicha enfin ce qu'elle cherchait, un vieux billet de vingt francs plié en deux qu'elle avait dû mettre de côté pour une occasion quelconque. Elle le déplia avec soin, ses mains tremblaient tandis qu'elle le glissait sous une soucoupe avant de se précipiter dans l'une des ruelles adjacentes. Il l'entendit tousser. Puis il entendit la voix de Jurgen et comprit que le gardien l'avait probablement attendue. Elle lui demanda en français pourquoi l'eau de la piscine était si trouble et il lui demanda pourquoi elle pleurait. Il entendit Jurgen lui dire n'y pense plus, n'y pense plus, le soleil brille Kitty Ket. Cela résonnait comme une chanson : n'y pense plus n'y pense plus Kitty Ket, n'y pense plus n'y pense plus.

Joe chercha son mouchoir en soie et y plongea le visage. On utilisait la soie autrefois pour faire des vestes parfaitement étanches. Ce tissu était pour lui comme une seconde peau et il en avait bien besoin. Qu'était-il donc censé faire ? Qu'était-il censé faire de son poème ? Il n'était pas son médecin. Elle ne s'attendait tout de même pas à ce qu'il ressorte ébloui de sa lecture. Devait-il prévenir Isabel que la jeune femme qu'elle avait invitée à loger chez eux l'avait menacé de commettre un acte irréparable ?

Il serait bientôt en Pologne. Donnerait une lecture dans un vieux palais de Cracovie. Sa traductrice qui lui tiendrait lieu de guide discuterait avec lui pendant les repas et au cours de leurs trajets en tramway. Elle l'emmènerait se reposer dans les monts Tatras et lui montrerait les datchas en bois construites dans la forêt. Des femmes emmitouflées dans des châles surveilleraient leurs oies et l'inviteraient à goûter leurs confitures et leurs fromages. Lorsqu'il repartirait enfin, les douaniers à l'aéroport de Varsovie lui demanderaient s'il emportait du caviar et il leur répondrait : « Non, pas de caviar. J'emporte mon passé huileux et noir et il nous appartient, à vous comme à moi. Voici comment il se présente. Mon père me dit au revoir, etc. Ma mère me dit au revoir, etc. Ils m'ont caché au fond d'une sombre forêt dans l'ouest de la Pologne, etc. »

Quelqu'un lui tapait sur l'épaule. À sa grande surprise, Claude avait déposé sur sa table un verre de bière bien fraîche. À quoi devait-il ce geste généreux et fraternel de la part du Mick Jagger du Wurzelshire ? Joe vida le demi d'une traite, d'une longue gorgée assoiffée. Il ramassa le billet que Kitty avait laissé sous la soucoupe et le glissa dans la poche de sa chemise avant que Claude ne s'en soit emparé pour payer son coiffeur. Il trouverait bien le moyen de le rendre à la jeune femme. Elle serait partie dans deux jours, Dieu merci. Et l'affaire serait terminée. À sa consternation, alors qu'il commençait tout juste à se détendre et à jouir de la solitude, il aperçut sa fille qui descendait la colline et se dirigeait vers le café.

Nina portait une épuisette et un seau. Oh non. Bloody hell. Il se mit à pester intérieurement. Ma fille met du mascara pour aller à la pêche. Et des boucles d'oreilles. Deux grands cerceaux dorés qui vont se prendre dans les branches des arbres. Il allait donc falloir qu'il longe la rivière avec elle dans la chaleur de l'après-midi comme il le lui avait promis. Ce qui représentait deux bons kilomètres.

Personne ne semblait comprendre qu'il avait cinquante-sept ans. Il allait devoir escalader tant bien que mal la berge en pente en essayant de ne pas glisser sur les galets. Il la salua de la main sans enthousiasme et sa fille brandit son épuisette. Lorsqu'elle s'effondra finalement sur la chaise en face de lui, il prit sa main et la serra d'un air exalté.

– Félicitations. Ta mère m'a dit que tu avais enfin eu tes règles.

– Boucle-la s'il te plaît.

Nina se mit à fixer son seau d'un air concentré.

– D'accord. Écoute, si nous renoncions à cette partie de pêche et restions simplement ici à boire des bières ?

– Il n'en est pas question.

Joe se racla la gorge.

– Hum… As-tu bien tout ce qu'il te faut… tu sais, pour une jeune fille qui vient de…

– Je t'ai dit de la boucler.

– D'accord, d'accord.

– Où est Kitty ?

– Elle est… hum… je ne sais pas où elle est partie.

Nina regardait les cheveux de son père. Il s'était peigné pour une fois. Elle devait reconnaître qu'il était assez bel homme en dépit de tout ce qui la dégoûtait chez lui. Il avait fait un effort pour Kitty, quoi qu'il ait pu lui dire.

– Tu as aimé son poème ?

Qu'était-il censé répondre ? Il fit une fois de plus ce qu'il savait le mieux faire, c'est-à-dire mentir.

– Je ne l'ai pas encore lu.

Nina lui donna un coup de poing dans le bras, aussi fort qu'elle pouvait.

– Elle était tellement nerveuse à l'idée que tu le lises qu'elle a failli envoyer la voiture dans le décor. Avec MOI à l'intérieur. Elle a failli nous balancer toutes les deux dans le précipice. Il lui a fallu rassembler tout son courage pour venir te voir aujourd'hui. Elle TREMBLAIT comme une feuille.

– Oh mon Dieu…

– Pourquoi dis-tu « Oh mon Dieu » ? Je croyais que tu ne croyais pas en Dieu ? lança sa fille d'une voix hargneuse avant de lui tourner le dos.

Il tapa du poing sur la table, si fort que celle-ci tressauta.

– Ne remonte JAMAIS à bord d'une voiture en compagnie de Kitty Finch ! Tu m'entends ?

Nina l'entendait parfaitement mais ne voyait pas où était le problème. Kitty était-elle une si mauvaise conductrice ? Son père avait l'air furieux.

– Je ne supporte pas les individus DÉPRESSIFS. On dirait que c'est leur unique activité, la seule chose qui puisse les occuper sérieusement. Oh, formidable, ma dépression se porte bien aujourd'hui. Oh, génial, j'ai un nouveau symptôme inconnu aujourd'hui et j'en aurai un autre demain. Les individus DÉPRESSIFS sont pleins de haine et de rancœur. Et quand leurs crises de panique ont cessé ils se mettent à écrire des poèmes. Que demandent-ils donc à leurs poèmes ? Leur dépression est leur seul facteur VITAL. Leurs poèmes constituent donc une MENACE. Aucune sensation n'est plus vive en eux ou plus active que la douleur qu'ils éprouvent. Ils n'ont rien à offrir en retour hormis leur dépression. Qui est pour eux une commodité comme une autre. Comme le gaz, l'électricité, l'eau courante et la démocratie. Ils ne pourraient pas survivre sans elle. MON DIEU JE MEURS DE SOIF ! OÙ EST CLAUDE ?

Claude passa la tête dans l'encadrement de la porte. Il se retenait pour ne pas éclater de rire mais regardait Joe avec un peu plus de respect qu'à l'ordinaire. En fait il était en train de se demander s'il ne pourrait pas le convaincre, en toute confidentialité, de prendre à sa charge l'ardoise que Mitchell lui avait laissée.

– Claude, s'il vous plaît, apportez-moi de l'eau. N'importe laquelle, une bouteille fera l'affaire. Ou plutôt non, je vais reprendre une bière. Dans un grand verre. Vous ne servez donc pas de pinte, dans ce pays ?

Claude acquiesça et disparut à l'intérieur du café, où il avait allumé la télévision pour suivre le match de football. Nina saisit son épuisette et l'agita sous le nez de son père.

– Il était convenu que nous irions pêcher cet après-midi, lève-toi donc et mettons-nous en route parce que tu commences à me casser les couilles.

C'était sa nouvelle expression favorite et elle l'avait prononcée avec une certaine jubilation.

– Tu sais bien que je ne peux pas te casser les couilles, grommela son père d'une voix rauque.

Nina se tint coite parce que chaque fois que son père l'emmenait pêcher avec le seau et l'épuisette elle guettait avec ravissement les horreurs qu'il finissait toujours par proférer.

Claude apporta la bière, dans un « grand verre » d'une pinte, et expliqua à Nina qu'il ne prendrait plus de commande à présent parce qu'il regardait la demi-finale entre la Suède et le Brésil.

– Cela me paraît raisonnable.

Joe mit de l'argent sur la table et lorsque Claude lui eut chuchoté quelques mots à l'oreille il fourra une poignée de billets dans sa main en lui disant qu'il réglerait toutes les dettes que Mitchell avait pu laisser au café mais que celui-ci ne devait pas le savoir, que le gros homme ne devait pas apprendre que ses sempiternels gâteaux seraient payés par les droits d'auteur de cet enfoiré de poète.

Claude se tapota le nez. L'accord était conclu en ce qui le concernait. Il regarda Nina et cassa une branche du bougainvillier qui poussait le long du mur. Il arrangea les fleurs pourpres de manière à former un bracelet qu'il lui offrit avec une petite courbette.

– Pour la ravissante fille du poète.

Nina tendit aussitôt son bras d'un air effronté afin qu'il dispose les fleurs comme une menotte autour de son poignet. Son pouls battait à folle allure tandis que les doigts de Claude effleuraient sa peau.

– Passe-moi l'épuisette, Nina, dit son père. Je pourrais me crever les yeux, tant qu'à faire. Le fait est que je préférerais regarder la Coupe du monde en compagnie de Claude. Il va falloir que tu apprennes à être un peu plus gentille avec ton père.

Elle se mordilla les lèvres d'une manière qu'elle estimait suggestive et osa enfin adresser un regard à Claude, qui haussa les épaules d'un air impuissant. Ils savaient l'un et l'autre qu'il se serait pour sa part volontiers contenté de la regarder, elle.

Tandis qu'ils marchaient le long de l'église pour rejoindre la route menant selon Joe au portail qui menait au champ des taureaux belliqueux menant au sentier qui menait au pont menant à la rivière, il sentit sa fille glisser la main dans la poche de son pantalon.

– On est presque arrivés, dit-elle d'un air encourageant.

– Tais-toi, répondit son père.

– Je crois que tu es un peu dépressif, papa.

Joe buta contre un galet protubérant.

– Comme tu viens de le dire, nous sommes presque arrivés.

La photographie

Le groupe de touristes japonais était content. Ils avaient souri pendant un laps de temps qui lui avait paru anormalement long. Isabel, qui était assise à l'ombre d'un olivier et attendait Laura, estimait qu'ils s'étaient bien forcés à sourire pendant une vingtaine de minutes. Ils s'étaient pris en photo les uns les autres devant la façade rose et délavée du musée Matisse et une sorte de douleur, de souffrance larvée commençait à transparaître derrière leurs sourires crispés.

Le parc était rempli de familles venues pique-niquer sous les oliviers. Quatre vieillards qui jouaient aux boules à l'ombre des arbres avaient interrompu leur partie pour parler de la canicule qui ravageait les vignes dans l'ensemble de la France. Laura lui fit un signe sans se rendre compte qu'elle venait de rentrer dans le champ de l'appareil. Les sept touristes japonais qui se tenaient serrés les uns contre les autres continuèrent de sourire tandis que Laura passait devant eux, la main levée, et que le photographe appuyait sur le déclencheur.

Isabel était toujours la première autrefois à lever la main, au lycée de Cardiff. Elle trouvait les réponses bien avant les autres filles qui, comme elle, portaient toutes un blazer vert où figurait la devise du lycée : « Le savoir au service du monde. » Elle se disait qu'elle aurait volontiers modifié cette devise pour avertir les lycéennes d'aujourd'hui que le savoir n'allait pas forcément leur être utile, ni les rendre heureuses. Il était probable au contraire qu'il leur révélerait un certain nombre de choses qu'elles auraient préféré ne pas voir. Cette nouvelle devise aurait dû prendre en compte l'idée que le savoir pouvait s'avérer lourd à porter et qu'après y avoir goûté les élèves les plus douées de Cardiff ne seraient plus en mesure de faire rentrer ce mauvais génie dans sa bouteille.

Les hommes avaient repris leur partie de boules. À la radio, non loin d'où elle se trouvait, on commentait la grève des contrôleurs aériens. Des gens débouchaient des thermos de café sous les arbres. Des enfants chutaient de leurs bicyclettes. Des familles déballaient des sandwiches et des fruits. Isabel apercevait la ligne blanc et bleu des hôtels de la Belle Époque construits sur la colline et savait que le cimetière où Matisse était enterré se trouvait dans ce secteur. Laura tenait à la main gauche une bouteille de vin rouge. Isabel l'appela mais Laura l'avait déjà vue. Elle marchait vite, d'un air décidé et concentré. Laura allait sûrement lui reprocher d'avoir proposé à Kitty Finch de rester parmi eux, mais elle insisterait sur le fait que c'était elle qui payait la location de la villa pour l'été. Laura et Mitchell auraient pu retenir une chambre dans cet hôtel de charme près de Cannes qu'elle avait repéré dans un guide. Un manoir provençal aux murs ocre où l'on servait des grands crus classés et des bars cuits dans leur croûte de sel. L'endroit aurait plu à Mitchell, qui avait rêvé d'un été voué à la gastronomie et partageait malgré lui ses vacances avec une étrangère apparemment décidée à faire la grève de la faim. Laura et Mitchell étaient des gens ordonnés et bien organisés. Mitchell avait établi un plan quinquennal pour leur magasin d'Euston, des graphiques décrivaient les objectifs à atteindre, la logique des décisions à prendre et les résultats visés. Elle admirait la foi qu'ils avaient dans l'avenir, la conviction qu'il produirait les résultats escomptés et dont on pouvait infléchir les contours à l'avance.

Laura souriait mais elle n'avait pas l'air en forme. Elle s'assit à côté d'Isabel et ôta ses sandales. Puis elle arracha quelques touffes d'herbe et annonça à son amie que Mitchell et elle allaient devoir fermer leur magasin d'Euston. Ils n'arrivaient plus à joindre les deux bouts et parvenaient à peine à payer leur hypothèque. Ils étaient venus en France avec une carte de crédit et sans argent liquide. Ils ne pouvaient même plus faire le plein de la Mercedes que Mitchell avait commis l'erreur de louer à l'aéroport. En fait il avait accumulé des dettes dont elle commençait à peine à entrevoir l'ampleur. Il devait d'énormes sommes d'argent de tous les côtés. Il lui avait répété des mois durant que quelque chose allait se produire mais il ne s'était rien produit du tout. Leur boutique allait être mise en liquidation. Une fois de retour à Londres ils allaient devoir vendre leur maison.

Isabel se rapprocha et passa le bras autour des épaules de Laura. Son amie était si grande qu'on avait tendance à penser qu'elle toisait toujours un peu de haut les difficultés qui affectaient le reste de la population. De toute évidence elle ne se sentait pas dans son assiette, ses épaules elles-mêmes s'étaient affaissées. Elle n'avait pourtant jamais adopté ce maintien légèrement voûté auquel les personnes de grande taille se résolvent parfois pour rentrer dans la norme, mais n'en paraissait pas moins accablée.

– Débouchons ce vin.

Laura avait oublié de prendre un tire-bouchon aussi utilisèrent-elles le manche du peigne d'Isabel, enfonçant sa pointe en plastique dans le bouchon. Et elles se retrouvèrent à boire au goulot, se passant la bouteille comme des adolescentes qui partent pour la première fois en vacances sans leurs familles. Isabel dit à Laura qu'elle avait erré toute la matinée dans les magasins à la recherche de tampons pour Nina, sans avoir la moindre idée du terme français approprié. Un employé de la pharmacie avait fini par lui apprendre que cela s'appelait des « protections hygiéniques ». Il avait enveloppé les tampons dans un papier marron puis dans un sac en plastique qu'il avait ensuite mis dans un second sac, comme s'ils étaient déjà imbibés de sang. Puis elle changea de sujet. Elle voulait savoir si Laura avait son propre compte en banque. Son amie hocha négativement la tête. Mitchell et elle avaient un compte joint depuis qu'ils avaient monté leur affaire. Puis Laura changea à son tour de sujet et demanda à Isabel si elle ne pensait pas que Kitty Finch était un peu… elle chercha le terme approprié… un peu givrée ? Le mot passait mal et elle aurait aimé disposer d'une autre langue pour traduire ce qu'elle avait en tête car les seuls mots qui lui venaient dataient de ses années de lycée, lexique qui commençait dans le désordre par maboul, cinglé, timbré et se poursuivait avec perdre la boule ou les pédales et avoir une araignée au plafond pour se terminer par piqué, toqué et dérangé. Laura entreprit de lui dire combien l'arrivée de Kitty l'avait perturbée. Juste avant de quitter la villa pour venir au musée Matisse elle avait aperçu la jeune femme disposer dans un vase comme s'il s'agissait d'un bouquet de fleurs les queues des trois lapins que Mitchell avait abattus dans le verger. Elle avait dû taillader la peau de ces pauvres bêtes avec un couteau de cuisine. Isabel ne lui répondit pas parce qu'elle était en train de remplir un chèque à son intention. En se penchant par-dessus son épaule Laura constata que le montant du chèque était considérable et qu'Isabel le signait de son nom de jeune fille.

Isabel Rhys Jones. Lorsqu'elles étaient étudiantes et s'étaient présentées l'une à l'autre dans ce bar, Isabel prononçait encore à la galloise le nom de sa ville natale : Caerdydd. Elle avait l'accent gallois au départ, de toute façon, mais par la suite il avait plus ou moins disparu. Durant leur deuxième année d'études, Isabel avait adopté l'accent anglais qui devait définitivement l'emporter lorsqu'elle avait commencé de faire des reportages en Afrique pour la télévision. Laura, qui avait étudié les langues africaines, essayait d'éviter l'accent anglais lorsqu'elle parlait en swahili. Cela n'avait rien d'évident et elle aurait aimé réfléchir plus longuement sur cette délicate question mais Isabel avait revissé le capuchon de son stylo et s'éclaircissait la gorge. Lorsqu'elle se mit à parler on aurait vraiment dit une Galloise. Laura qui n'avait pas vraiment écouté le début de son discours raccrocha les wagons juste à temps pour apprendre que la Nord-Africaine qui venait passer la serpillière à la villa pour une bouchée de pain s'était apparemment mise en grève. Elle portait un voile et réparait les prises de courant à la place de Jurgen, qui avait découvert avec joie qu'elle se débrouillait mieux que lui en matière d'électricité. Laura l'avait vue regarder les fils puis contempler à travers la fenêtre cette lumière argentée qui avait soi-disant permis à Matisse de soigner sa tuberculose. La femme était restée plongée dans ses pensées pour une raison quelconque. Tout en se demandant pourquoi cela l'avait tant préoccupée elle se souvint de ce qu'Isabel lui avait dit en rédigeant son chèque. Cela concernait le fait que Laura devait ouvrir un compte séparé, en plus de celui qu'elle partageait avec Mitchell. Elle se mit à rire et rappela à Isabel que son nom de jeune fille était Laura Cable.

La chose

– Vous ne devriez pas mettre autant d'huile solaire, Mitchell.

Kitty Finch était visiblement contrariée. Elle avait ôté ses vêtements et se tenait entièrement nue au bord de la piscine comme si elle avait été seule au monde.

– Cela perturbe l'équilibre chimique de l'eau, ajouta-t-elle.

Mitchell posa une main protectrice sur le dôme proéminent de son ventre et émit un grognement.

– L'eau est complètement TROUBLE.

Kitty avait l'air furieuse. Elle se mit à courir autour du bassin en l'examinant sous toutes les coutures.

– Jurgen s'est trompé de produit, dit-elle en martelant de ses pieds nus le dallage brûlant. C'est l'équilibre chimique qui produit le bon dosage. Il a ajouté des tablettes de chlore dans le mélangeur et la concentration est trop forte dans la partie la plus profonde.

Une fois de plus Mitchell dut se retenir pour ne pas lui dire d'aller se faire voir. Pourquoi ne se préparait-elle pas un sandwich au fromage et n'allait-elle pas se perdre dans les bois ? Il l'aurait volontiers emmenée lui-même s'il avait trouvé le moyen de mettre un peu d'essence dans le réservoir de la Mercedes.

– Un rien vous effraie, Mitchell.

Elle bondit dans sa direction. Deux longs sauts, comme si elle imitait une gazelle ou un daim et le défiait de se lancer à sa poursuite. Ses côtes saillaient sur la peau de son torse comme les armatures du piège que Mitchell avait acheté afin de capturer ce satané rat.

– Heureusement que Laura est grande, elle peut lever les yeux au ciel quand vous abattez vos proies et éviter ainsi de les voir agoniser sur le sol.

Kitty sauta dans l'eau trouble en se pinçant le nez. Mitchell se redressa et sentit aussitôt que sa tête se mettait à tourner. Le soleil le rendait toujours malade. L'année prochaine il proposerait de louer un chalet au bord d'un fjord gelé en Norvège, aussi loin que possible de la famille Jacobs. Il attraperait des phoques et se fustigerait lui-même avec des branches de bouleau au fond d'un sauna avant de se précipiter dans la neige en hurlant, tandis que Laura apprendrait le yoruba en rêvant de sa chère Afrique.

– L'EAU EST DÉGUEULASSE !

Qu'est-ce qui lui prenait ? En disposant le parasol au-dessus de son crâne chauve rosi par le soleil, il aperçut Joe qui arrivait en boitillant vers le petit portail donnant sur l'arrière du jardin. Nina le suivait et franchit à son tour la rangée de cyprès, un seau rouge et une épuisette à la main.

– Salut, Joe.

D'un bond, Kitty émergea du bassin, secouant la tête pour chasser l'eau de ses cheveux cuivrés. Joe lui adressa un petit signe de la tête, soulagé de constater qu'en dépit de leur désastreuse rencontre en milieu de journée elle paraissait sincèrement heureuse de le revoir. Il montra le seau que Nina transportait à grand-peine jusqu'au bord du bassin.

– Venez voir ce que nous avons trouvé dans la rivière.

Tout le monde fit cercle autour du seau qui était à moitié rempli d'une eau boueuse. Une créature visqueuse et grise traversée d'une crête écarlate était tassée sur un amas d'herbe. Elle avait à peu près l'épaisseur du pouce de Mitchell et semblait palpiter car l'eau qui la recouvrait tremblotait un peu. De temps à autre, la créature s'enroulait sur elle-même en formant une sorte de boule avant de se redéployer lentement.

– Qu'est-ce que c'est ?

Mitchell n'arrivait pas à croire qu'ils se soient donné la peine de ramener cette créature hideuse jusqu'à la villa.

– C'est une chose, répondit Joe avec un sourire narquois.

Mitchell poussa un grognement et se recula.

– Dégoûtant, dit-il.

– Papa trouve toujours des trucs répugnants.

Nina regardait par-dessus l'épaule de Kitty en faisant bien attention à ne pas poser les yeux sur ses seins qui pendaient à présent au-dessus du seau. Elle voulait éviter que le corps nu de Kitty Finch et son père ne se trouvent réunis dans son champ de vision. Elle aurait pu compter les vertèbres qui saillaient comme un collier de perles le long de son dos : Kitty se laissait mourir de faim. Sa chambre était pleine d'aliments qui pourrissaient et qu'elle avait planqués sous des coussins. Nina aurait encore préféré qu'on lui inflige la vue des trottoirs de Londres constellés de chewing-gums plutôt que de voir Kitty Finch et son père côte à côte.

Kitty voulut attraper une serviette. Elle était maladroite et la laissa tomber à plusieurs reprises jusqu'à ce que Joe la lui prenne des mains et l'aide à l'enrouler autour de ses hanches.

– De quoi s'agit-il à votre avis ? demanda Kitty en regardant à nouveau le contenu du seau.

– D'une bestiole rampante, répondit Joe. Ma plus belle prise à ce jour.

Nina pensait qu'il s'agissait probablement d'un mille-pattes. La créature possédait des centaines d'antennes minuscules qui s'agitaient frénétiquement sous l'eau en essayant de s'agripper à quelque chose.

– Que recherchez-vous au juste lorsque vous allez à la pêche ? chuchota Kitty comme si la créature risquait de l'entendre.

– De quoi parlez-vous ? lança Mitchell tel un maître d'école brusquement irrité par un élève.

– Ne t'adresse pas à elle sur ce ton.

Les mains de Joe étaient à présent fermement plaquées sur les hanches de Kitty, retenant sa serviette comme si son existence en dépendait.

– Elle se demande pourquoi je ne ramène pas des poissons d'argent ou de jolis coquillages. La réponse est que j'en possède déjà.

Tout en parlant il passa la main dans les mèches mouillées de Kitty. Nina aperçut sa mère et Laura qui arrivaient par le portail blanc. Son père lâcha la serviette et Kitty se mit à rougir. Nina fixait désespérément les cyprès en feignant de chercher le hérisson qui venait se planquer dans le jardin, elle ne l'ignorait pas. Joe se dirigea vers la chaise longue en plastique et s'y allongea. Il regarda sa femme qui s'était approchée et penchée sur le seau. Elle avait des feuilles dans les cheveux et des empreintes d'herbe sur les mollets. Plus que de se montrer distante à son égard, elle donnait l'impression d'avoir carrément déménagé. Il y avait une vigueur nouvelle en elle, dans la manière dont elle se tenait auprès du seau. Sa détermination à ne plus l'aimer semblait avoir décuplé son énergie.

Mitchell contemplait toujours la créature qui remontait en rampant la paroi du seau en plastique rouge. La crête qui parcourait son dos lui fournissait un camouflage idéal.

– Que comptes-tu faire de cette limace ?

Tout le monde regarda Joe.

– Je sais, dit-il, ma « chose » vous fout les jetons. Il n'y a qu'à la déposer sur une feuille dans le jardin.

– Non, s'écria Laura. Elle reviendra jusqu'ici.

– Ou rampera à travers la vidange pour ressortir dans l'évier, dit Mitchell qui paraissait inquiet.

Laura frissonna et poussa un cri.

– Elle remonte ! Elle est presque sortie.

Elle se précipita et jeta une serviette par-dessus le seau.

– Fais quelque chose, Joe. Empêche-la de s'échapper.

Joe clopina jusqu'au seau, souleva la serviette et rejeta d'une pichenette la créature au fond du seau.

– Elle n'est vraiment pas grosse, dit-il en bâillant. Ce n'est qu'une petite chose étrange et visqueuse.

Un morceau d'algue s'était collé en travers de son sourcil. Tout était devenu très calme alentour. Même le tintamarre des cigales en fin d'après-midi semblait s'être éloigné, dissipé dans le lointain. Lorsque Joe rouvrit les yeux tout le monde avait disparu et regagné la villa, à l'exception de Laura. Laura tremblait mais parlait d'une voix normale.

– Écoute, je sais qu'Isabel a proposé à Kitty de rester ici. (Elle s'interrompit, avant de poursuivre.) Mais tu n'es pas obligé. Je veux dire, je ne pense pas ? Que tu sois ? Que tu sois obligé ? De faire ça ?

Joe fourra ses poings dans ses poches.

– De faire quoi ? demanda-t-il.

Mercredi

Corps électrique

Jurgen et Claude fumaient le haschich que le gardien avait acheté à l'accordéoniste sur la plage de Nice. Il se fournissait généralement auprès du chauffeur qui déposait les femmes de ménage immigrées devant les villas des touristes mais celles-ci s'étaient mises en grève. De surcroît, on avait annoncé une tempête aux informations la veille et tout le village s'y préparait. Jurgen logeait dans une bicoque qui appartenait à Rita Dwighter mais n'avait pas encore été « retapée » et il tenait à ce que cette situation reste en l'état. Il lui arrivait de balancer de gros objets contre les murs afin de décourager la moindre tentative de rénovation et pour que l'endroit garde son statut d'enfant hybride dans la vaste famille des biens immobiliers de Rita Dwighter.

Pour l'instant il était penché au-dessus du téléphone portable de Claude. Sans trop savoir pourquoi, incapable de résister à la tentation, ce dernier avait un jour enregistré une vache en train de meugler. Il avait traversé un champ et tendu son téléphone aussi près que possible du museau de la vache. Lorsque Jurgen appuyait sur la touche Play la vache mugissait. La technologie restituait parfaitement le son qu'émettait l'animal tout en lui donnant un côté un peu inquiétant. Chaque fois que le mugissement se déclenchait ils éclataient tous les deux de rire, parce que la vache avait écrasé le pied de Claude lorsqu'il l'avait enregistrée et que son orteil était resté déformé depuis lors.

Madame Dwighter avait demandé à Jurgen d'attendre son appel. Cela ne le dérangeait pas. Bien au contraire. Cela changeait de la routine habituelle, lorsqu'on l'appelait pour changer une ampoule dans l'une de ces villas « de style provençal » qu'il ne serait jamais en mesure d'acheter. Une pile de reproductions de Picasso achetées au marché aux puces s'entassait contre le mur. Il préférait la figurine en caoutchouc d'E. T. qu'il avait offerte à Claude. Rita Dwighter lui avait demandé d'encadrer les « Picasso » et de les accrocher partout où cela serait possible dans les trois villas qu'elle possédait, mais elle pouvait toujours courir. Cela l'amusait beaucoup plus d'écouter meugler la vache dans le portable de Claude.

Jurgen avait entrepris de rouler un nouveau joint lorsqu'un autre téléphone se mit à sonner. Claude lui montra l'appareil qui traînait par terre. Jurgen fit le geste de se boucher le nez et finit par s'emparer du combiné.

Claude plaqua la main sur sa bouche pour étouffer le rire qui le gagnait. Jurgen n'avait jamais rêvé d'être gardien. Madame Dwighter lui demandait souvent ce qu'il avait en tête mais il ne parlait qu'avec Claude de ce genre de choses. Et Jurgen n'avait jamais eu qu'une seule chose en tête.

Kitty Finch. Si l'on avait un peu insisté il aurait ajouté : le sexe, les drogues, le bouddhisme comme voie vers l'unité, pas de viande, pas de vivisection, Kitty Finch, pas de vaccination, pas d'alcool, Kitty Finch, la pureté du corps et de l'esprit, les herbes médicinales, la guitare slide, Kitty Finch, devenir ce que Jack Kerouac appelait un saint de la nature. Claude entendait son ami répondre à madame Dwighter que oui, tout se déroulait dans le calme à la villa cette année. Oui, le célèbre poète anglais et sa famille profitaient bien de leurs vacances. Ils avaient en fait reçu une visite inattendue. Mademoiselle Finch occupait désormais la chambre libre et sa présence était un régal pour tous. Oui, elle avait retrouvé tout son équilibre à présent et elle avait écrit un texte qu'elle avait montré au poète.

Claude déboutonna son jean et le laissa tomber sur ses chevilles. Jurgen dut éloigner le téléphone de son oreille, plié en deux de rire, tout en adressant des gestes obscènes à Claude qui s'était mis à faire des pompes sur le sol dans son caleçon Calvin Klein. Jurgen tapota le joint sur son genou en poursuivant sa conversation avec Rita Dwighter, qui l'appelait depuis l'Espagne où elle s'était réfugiée pour échapper au fisc. Il allait bientôt falloir l'appeler *Señora*.

Oui, la fiche de renseignements était à jour. Oui, l'eau de la piscine était d'une propreté parfaite. Oui, les femmes de ménage faisaient bien leur travail. Oui, il avait remplacé la vitre brisée. Oui, la canicule touchait à son terme. Oui, il allait y avoir des orages. Oui, tout le monde avait suivi les prévisions de la météo. Oui, il penserait à fermer les volets.

Claude entendait la voix de Rita Dwighter qui s'échappait du combiné pour aller se perdre dans les brumes du haschich. Tout le monde se marrait au village dès que quelqu'un faisait allusion à la riche psychanalyste et propriétaire foncière qui versait à Jurgen un salaire exorbitant, vu son manque de compétence. On disait en plaisantant qu'elle avait fait construire un petit terrain d'atterrissage à côté de la pièce où elle recevait ses patients, dans l'ouest de Londres, afin que les hommes d'affaires puissent y poser leurs hélicoptères. Ils s'asseyaient dans des fauteuils conçus par les plus grands designers pendant que leurs pilotes, le plus souvent virés des grandes compagnies aériennes en raison de leur alcoolisme, fumaient sous la pluie leurs cigarettes achetées en duty-free. Claude avait songé à répandre la rumeur selon laquelle le bras d'un de ses plus riches patients avait été pris dans les pales de son appareil juste après qu'elle avait réussi à lui arracher les raisons qui le poussaient à fouetter des prostituées, revêtu d'un uniforme nazi. Son bras avait dû être amputé et il avait cessé de venir la voir, ce qui impliquait qu'elle n'allait finalement pas pouvoir racheter la maison du facteur.

Lorsque madame Dwighter venait inspecter ses propriétés, ce qui au grand soulagement de Jurgen n'était pas très fréquent, la ressemblance de Claude avec Mick Jagger lui valait toujours une invitation à dîner. La dernière fois elle avait planté la queue d'un ananas dans un brie aussi coulant qu'onctueux.

Jurgen raccrocha enfin le téléphone. Il lança un regard assassin aux reproductions de Picasso et dit à Claude, qui avait à présent ôté son tee-shirt et était allongé à plat ventre sur le sol, vêtu de son seul caleçon, qu'il avait pour mission d'accrocher *Guernica* dans le couloir pour dissimuler les lézardes du plâtre. Dwighter-la-Dominatrice était de toute évidence impressionnée par les techniques qu'avait employées le grand peintre pour représenter la condition humaine.

Claude était sur le point de se relever afin de glisser dans l'appareil l'un des CD cabossés de Jurgen, qui trônait au sommet d'un coffret à bijoux indien muni d'une étiquette où l'on pouvait lire : « Musique de Prague – choix de Ket pour le Calme Intérieur ».

Quelqu'un frappa à la porte. Jurgen détestait tous ces visiteurs qui venaient généralement lui demander de faire son boulot. Cette fois-ci, il s'agissait de la fille de quatorze ans assez jolie d'ailleurs de cet enfoiré de poète anglais. Elle portait une robe blanche assez courte et était évidemment venue lui demander quelque chose.

– Ma mère veut savoir si vous avez bien réservé ma place pour la promenade à cheval de demain.

Jurgen acquiesça d'un air entendu, comme si cette question n'avait jamais cessé de trotter dans son esprit.

– Entre donc. Claude est ici.

À l'instant où Jurgen prononçait ces mots le CD sauta ou se bloqua plus ou moins, enfin quelque chose se produisit. Nina entendit le son d'un violon couvrant le hurlement d'un loup et la voix d'une femme qui murmurait deux ou trois mots parmi lesquels elle crut distinguer *rafale de neige*. Elle aperçut Claude qui dansait en caleçon. Son dos était si lisse et sa peau si bronzée qu'elle préféra détourner les yeux et regarder le mur.

– Bonjour Nina. Les chiens ont mis mon jean en lambeaux et je dois me contenter de ce caleçon. Ce CD est rayé mais il a le don de m'apaiser.

Lorsque les yeux de Nina se posèrent à nouveau sur lui, l'air désarmé, il eut l'impression d'être un escargot agrippé à la semelle en corde de ses espadrilles rouges. Jurgen avait les mains posées sur ses hanches saillantes, ses coudes pointaient en formant deux triangles. Il était apparemment soucieux de savoir ce que la jeune fille pensait de ses dreadlocks.

– Tu crois que je devrais me faire couper les cheveux ?

– Ouais.

– Je les porte ainsi pour ne pas ressembler à mon père.

Il se mit à rire et Claude rit avec lui.

rafale de neige
dérivant
dans l'obscurité

Jurgen essaya de se ressaisir et se lança dans la géographie.

– Mon enfance a débuté en Autriche. Ensuite je crois que nous sommes allés à Baden-Baden. Mon père m'a appris à abattre les arbres selon la méthode traditionnelle. Autrichienne il me semble, ajouta-t-il en se grattant le crâne. Traditionnelle en tout cas. Mais dis-moi, quel genre de musique aimes-tu ?

– Nirvana. C'est mon groupe préféré.

– Ah, tu es sensible à Kurt Cobain et à ses yeux bleus c'est ça ?

Elle lui dit qu'elle avait élevé un autel à Kurt Cobain dans sa chambre après son suicide au printemps dernier. Le 5 avril pour être précis mais son corps n'avait été découvert que le 8. Elle avait écouté son album *In Utero* du matin au soir ce jour-là.

Jurgen rejeta ses dreadlocks sur le côté.

– Ton père a-t-il lu le poème de Kitty Ket ?

– Non. Mais j'ai l'intention de le lire moi aussi.

Claude fit la moue et se dirigea vers le frigidaire.

– C'est une bonne idée. Tu veux une bière ?

Elle haussa les épaules. Il avait tellement envie de lui être agréable que c'en était pathétique. Claude interpréta son haussement d'épaules comme une approbation enthousiaste.

– Je dois apporter ma propre réserve de bière chez Jurgen étant donné qu'il ne boit que du jus de carotte.

Jurgen venait d'entendre une moto qui s'était immobilisée devant la maison. C'était son ami Jean-Paul, qui lui donnait toujours une commission sur les réservations pour les promenades à cheval. Jean-Paul ne possédait que des poneys, il ne s'agissait donc pas de promenades à cheval à proprement parler, mais les poneys avaient tout de même des sabots et de jolies queues. Sitôt qu'il eut franchi la porte pour aller régler l'affaire, Claude attrapa son tee-shirt et l'enfila en se trémoussant.

Nina regardait désespérément autour d'elle en évitant de poser les yeux sur lui. Puis elle se retrouva assise en tailleur sur le sol, adossée à la cloison, tandis qu'il revenait une canette de bière à la main. Il l'ouvrit et s'assit tout contre elle, au point que leurs cuisses se frôlèrent.

– Alors, tes vacances se passent bien ?

Elle but une gorgée de bière dont le goût lui parut un peu amer.

– Ça va.

– Si tu viens au café je te montrerai l'extraterrestre qui loge dans ma cuisine.

De quoi parlait-il ? Elle s'aperçut qu'elle s'était rapprochée, leurs épaules se touchaient. Puis elle tourna son visage vers lui et lui adressa un regard qui voulait dire tu peux m'embrasser m'embrasser m'embrasser et pendant une fraction de seconde elle eut l'impression qu'il se demandait s'il avait bien compris le message qu'elle lui adressait. Elle avait toujours la canette de bière à la main et la posa sur le plancher.

> dérivant
> dans l'obscurité
> de la forêt

Ses lèvres étaient chaudes et se posèrent sur les siennes. Elle embrassait Mick Jagger et il la dévorait comme un loup ou une créature féroce et douce à la fois mais dont le calme n'était assurément pas la vertu première. Il lui disait qu'elle était tellement ceci et tellement cela. Elle se rapprocha encore et il cessa de parler.

> dans l'obscurité
> de la forêt
> où les arbres saignent
> rafale de neige

Lorsqu'elle rouvrit les yeux elle vit qu'il avait fermé les siens et elle les ferma à nouveau mais la porte s'ouvrit et Jurgen se tenait au milieu de la pièce, il les regardait en clignant des yeux.

– Pas de problème pour la promenade à cheval.

Le coma du baiser avait envahi la pièce. Tout était devenu rouge sang. Jurgen mit les mains sur ses hanches afin que les vibrations passent à travers les triangles que formaient ses coudes.

– S'il te plaît, je te demande de lire le poème de Ket et de me dire ensuite quel chemin mène à son cœur.

Jeudi

L'intrigue

Nina ouvrit la porte de la chambre de ses parents et s'élança en glissant sur le sol carrelé. Elle portait des chaussettes malgré la chaleur car son pied gauche avait enflé à la suite d'une piqûre d'abeille. Pour se donner du courage face à la tâche qui l'attendait elle avait passé l'heure précédente à se peindre les paupières avec le bâton de khôl bleu de Kitty. Lorsqu'elle s'était regardée dans la glace ses yeux marron brillaient d'une étrange assurance. À travers la fenêtre située près du lit elle apercevait sa mère et Laura qui discutaient au bord de la piscine. Son père s'était rendu à Nice pour visiter la cathédrale orthodoxe russe et Kitty Finch était comme d'habitude avec Jurgen. Ils étaient allés dans les champs ramasser des bouses de vache qu'ils comptaient étaler dans le nouveau lotissement du gardien. Personne ne comprenait pourquoi Kitty ne s'installait pas ouvertement avec Jurgen dans la maison voisine mais sa mère avait insinué qu'il ne fallait sans doute pas que la jeune femme se montre aussi « gentille » envers lui qu'il l'était envers elle. Elle perçut un choc violent en provenance de la cuisine. Mitchell avait enveloppé une tablette de chocolat noir dans un torchon sur lequel il donnait des coups frénétiques. Il faisait chaud à l'extérieur mais elle avait froid dans la chambre de ses parents comme s'il s'était agi d'une patinoire finalement. Elle savait à quoi ressemblait l'enveloppe mais ne l'apercevait nulle part. Elle aurait eu besoin d'une lampe électrique parce qu'elle ne pouvait pas prendre le risque d'attirer l'attention en allumant la lumière. Si jamais quelqu'un débarquait à l'improviste elle se faufilerait dans la salle de bains et se cacherait derrière la porte. Sur la table de nuit du côté où dormait sa mère elle remarqua la présence d'un rayon de miel à moitié enveloppé dans une feuille de journal. Le ruban vert qui traînait à côté avait visiblement servi à la ficeler. Elle s'approcha et s'aperçut qu'il s'agissait d'un cadeau de son père qui avait écrit à l'encre noire en travers de la page :

À ma tendre et douce avec mon éternel amour. Jozef

Nina fronça les sourcils en considérant l'épais miel doré qui suintait des alvéoles. Si ses parents s'aimaient encore un peu cela foutait en l'air l'histoire qu'elle s'était construite. Elle essayait toujours de recoller les morceaux quand elle pensait à eux. Quelle était l'intrigue ? Son père avait des mains très douces et caressait hier soir sa mère dans tous les sens. Elle les avait vus s'embrasser sur le porche comme dans un film, serrés l'un contre l'autre, tandis que des papillons venaient se fracasser contre l'ampoule électrique au-dessus de leurs têtes. De son point de vue ses parents ne supportaient même plus de se voir en peinture et n'aimaient plus qu'elle. L'intrigue était la suivante : sa mère avait abandonné sa fille unique pour aller s'occuper des orphelins de Roumanie. Tragiquement (car il s'agissait d'une tragédie) Nina avait pris la place de sa mère au sein de la maison familiale et était devenue la compagne la plus précieuse de son père, devinant toutes ses humeurs et prévenant tous ses besoins. Mais les choses s'étaient mises à vaciller lorsque sa mère lui avait proposé d'aller manger une glace surmontée d'un feu de Bengale dans un célèbre restaurant du bord de mer. De surcroît, si ses parents s'embrassaient comme ils l'avaient fait hier (les draps de leur lit défait étaient du reste en désordre) et s'ils paraissaient s'entendre d'une manière dont elle était elle-même exclue, l'intrigue sortait carrément de ses rails.

Ce fut seulement au bout de six minutes d'une recherche intensive qu'elle finit par découvrir l'enveloppe qui contenait le poème de Kitty. Elle avait renoncé à fouiller dans les piles de chemises et de mouchoirs en soie que son père repassait toujours avec le plus grand soin et s'était mise à quatre pattes pour regarder sous le lit. Lorsqu'elle aperçut l'enveloppe coincée entre les pantoufles de son père et deux cadavres de cafards qui gisaient sur le dos, elle se mit à plat ventre et tendit le bras pour la ramener vers elle. Il y avait autre chose encore sous le lit mais elle n'eut pas le temps de voir de quoi il s'agissait.

La fenêtre qui donnait sur la piscine posait un problème. Sa mère était assise sur les marches du côté le moins profond du bassin et mangeait une pomme. Elle l'entendit demander à Laura pourquoi elle apprenait le yoruba et Laura lui répondit :

– Pourquoi pas ? Il y a plus de vingt millions d'individus qui parlent cette langue.

Elle s'accroupit au sol afin qu'on ne puisse pas la voir et arracha la bande de scotch qui fermait l'enveloppe. Celle-ci était vide. Elle regarda mieux et aperçut un bout de papier de la taille d'une boîte d'allumettes qui avait été plié plusieurs fois et restait coincé au fond de l'enveloppe comme une vieille godasse dans la boue d'une rivière. Elle l'extirpa et le déplia avec soin.

Sous l'eau
par
Kitty Finch

Après l'avoir lu Nina ne se donna même pas la peine de replier correctement la feuille. Elle la remit dans l'enveloppe et replaça celle-ci sous le lit à côté des cafards. Pourquoi son père ne l'avait-il pas lue ? Il aurait forcément compris ce que Kitty avait en tête.

Elle se dirigea vers les escaliers qui rejoignaient le salon et passa la tête dans l'encadrement des portes-fenêtres.

Sa mère battait des pieds dans l'eau tiède et éclata de rire. La chose était si rare chez elle que Nina fronça les sourcils. À la cuisine elle tomba sur Mitchell qui était en train de faire revenir du foie dans une poêle. Il arborait l'une de ses flamboyantes chemises hawaïennes.

– Salut, grommela-t-il. Tu en veux une lichette ?

Nina s'adossa au frigidaire et croisa les bras.

– Qu'est-ce qui est arrivé à tes yeux ? (Mitchell fixait le khôl bleu et luisant qu'elle avait étalé sur ses paupières.) Quelqu'un t'a fait un œil au beurre noir ?

Nina prit une profonde inspiration et se retint pour ne pas hurler.

– Je crois que Kitty a l'intention de se noyer dans notre piscine.

– Voilà autre chose, grimaça Mitchell. Qu'est-ce qui te fait dire ça ?

– Simple pressentiment.

Elle ne voulait pas lui avouer qu'elle avait ouvert l'enveloppe destinée à son père.

Mitchell mit le mixer en route et regarda tournoyer le sucre et les marrons qui finirent par former une sorte de pâte, éclaboussant au passage les palmiers de sa chemise.

– Si je te balançais dans la piscine, tu flotterais, dit-il. Même moi avec mon gros ventre je ne coulerais pas.

Il criait pour couvrir le bruit du mixer. Nina attendit qu'il l'ait éteint pour chuchoter :

– Je sais. Elle a ramené des cailloux. J'étais sur la plage avec elle quand elle en cherchait.

Elle lui raconta que Kitty lui avait dit qu'elle étudiait la tuyauterie de la piscine, lui précisant même qu'elle ne voulait pas que ses cheveux restent coincés dans les canalisations, ce qui montrait bien qu'elle ne tournait pas rond.

Mitchell considéra avec tendresse l'adolescente de quatorze ans. Il se dit qu'elle était jalouse de l'attention que son père portait à Kitty et qu'elle souhaitait probablement que la jeune fille se noie.

– Courage, Nina. Prends une cuillère et goûte donc cette purée de marrons. Je vais la mélanger avec du chocolat, ajouta-t-il en se léchant les doigts. Et je mettrai un petit carré de côté pour le dîner du rat.

Elle était la seule à connaître un terrible secret. Et les secrets, cela ne manquait pas. Hier, lorsqu'elle était assise sur le lit dans la chambre de Kitty et qu'elle l'aidait à extraire les graines de ses plantes, un oiseau s'était mis à chanter dans le jardin. Kitty Finch avait plongé le visage dans ses mains et s'était mise à pleurer comme si elle n'avait plus le moindre avenir devant elle.

Il fallait qu'elle parle à son père mais il était à Nice à la recherche d'une église russe bien qu'il lui eût dit un jour qu'elle risquait la dépression nerveuse si jamais elle était tentée de croire en Dieu. Quelque chose d'autre la tracassait. La chose qui était sous le lit. Mais elle ne voulait pas y penser parce que cela concernait plus ou moins Mitchell et d'ailleurs sa mère l'appelait à présent pour aller faire cette promenade à cheval.

Le parc des poneys

Les poneys buvaient de l'eau dans un abreuvoir à l'ombre des arbres. Les mouches arpentaient leurs ventres gonflés, leurs courtes pattes et leurs yeux marron constamment mouillés. Tout en regardant la propriétaire brosser leurs queues Nina se disait qu'il fallait qu'elle parle à sa mère du poème-noyade de Kitty, comme elle l'appelait désormais. Kitty discutait en français avec la propriétaire et ne donnait pas l'impression de quelqu'un qui était à deux doigts de se noyer. Elle portait une courte robe bleue et ses cheveux étaient constellés de petites plumes blanches, comme si son oreiller s'était éventré pendant la nuit.

– Il suffit de suivre la piste. Des sacs en plastique orange sont fixés aux branches à intervalles réguliers. La propriétaire m'a dit qu'il suffit de les suivre en marchant à côté des poneys.

Nina, qui avait envie d'être seule avec sa mère, fut obligée de choisir un poney gris aux longues oreilles galeuses et de prétendre qu'elle avait eu une enfance idyllique.

Le petit poney n'était visiblement pas d'humeur à faire cette balade d'une heure. Il s'arrêtait à tout bout de champ pour brouter de l'herbe et se frotter le crâne contre l'écorce des arbres. Nina s'impatientait. Elle était préoccupée par des questions autrement importantes, dont la moindre n'était pas celle des galets qu'elle avait ramassés sur la plage avec Kitty, parce qu'elle pensait qu'ils figuraient dans le poème. Elle avait vu l'expression « les pierres qui coulent » soulignée au milieu de la page.

Elle remarqua que sa mère prêtait brusquement attention au décor environnant. Lorsque Kitty lui montrait les arbres et les différentes variétés de plantes, Isabel lui faisait répéter leurs noms. Kitty lui expliquait que certaines variétés d'insectes devaient boire tel ou tel nectar en période de canicule. Isabel savait-elle de quoi était composé le miel ? Après avoir aspiré le nectar des fleurs les abeilles le mélangeaient à leur salive et stockaient la substance ainsi obtenue dans leurs sacs à miel, qu'elles déversaient ensuite dans la ruche avant de se remettre à l'ouvrage. Kitty parlait comme si elles formaient toutes les trois une grande famille épanouie, tout en retenant la corde du poney. Nina chevauchait l'animal en silence, contemplant d'un air maussade les trouées de ciel bleu à travers les arbres. Si le paysage s'était inversé le ciel se serait trouvé en bas et le poney aurait dû nager dans la brume et les nuages. Le ciel aurait été composé d'herbe et les insectes auraient couru au travers. La piste semblait avoir disparu car on n'apercevait plus le moindre sac en plastique orange sur les branches des arbres. Elles avaient quitté la pinède et débouché sur une clairière, non loin d'un café. Un lac s'étendait en face. Nina parcourut les arbres du regard à la recherche des taches de plastique orange et comprit qu'elles s'étaient égarées, mais Kitty ne semblait pas y attacher d'importance. Elle faisait signe à quelqu'un, essayant d'attirer l'attention d'une femme qui était assise seule dans son coin à la terrasse du café.

– C'est le docteur Sheridan. Allons lui dire bonjour.

Elle entraîna le poney hors de la piste ou de ce qu'il en restait et lui fit franchir les trois marches de béton pour rejoindre Madeleine Sheridan, qui avait ôté ses lunettes et les avait posées sur la table blanche en plastique, à côté de son livre.

Nina était toujours à cheval sur le poney conduit par Kitty sous le regard médusé de la serveuse qui portait un plateau d'Orangina à une famille installée autour de la table voisine. La vieille dame semblait s'être figée sur sa chaise, au moment où elle s'apprêtait à plonger un sucre dans sa tasse de café. Comme si elle voyait forcément de travers l'arrivée de cette svelte jeune femme avec sa courte robe bleue, ses cheveux roux en cascade et ce poney qu'elle entraînait sur la terrasse du café. Personne ne se sentait vraiment en mesure d'intervenir parce que tout le monde doutait de la réalité de la scène. Cela rappela à Nina le jour où elle avait regardé une éclipse à travers un trou pratiqué dans une feuille de couleur, en prenant soin de ne pas être aveuglée par le soleil.

– Comment allez-vous, docteur ?

Kitty tira sur la corde et donna un sucre au poney. Tout en tenant la longe d'une main elle passa l'autre bras autour des épaules de la vieille dame.

Lorsqu'elle se décida enfin à lui répondre Madeleine Sheridan s'exprima d'une voix calme, autoritaire. Elle portait un châle rouge qui ressemblait à une cape de matador, avec des pompons cousus sur les bords.

– Restez sur la piste, Kitty. Vous n'avez pas le droit de faire monter ce poney jusqu'ici.

– La piste a disparu, dit Kitty avec un large sourire. Il n'y en a plus trace. J'attends toujours que vous me rapportiez mes chaussures comme vous me l'aviez promis. Les infirmières m'ont reproché d'avoir les pieds sales.

Nina regarda sa mère qui se trouvait maintenant à gauche du poney. Les mains de Kitty tremblaient et elle parlait trop fort.

– Je suis surprise que vous n'ayez pas révélé à mes nouveaux amis le sort que vous m'avez fait subir.

Elle se tourna vers Isabel et chuchota, comme dans un film d'horreur :

– Le docteur Sheridan prétend que j'ai des penchants morbides.

Au grand désarroi de Nina sa mère se mit à rire, comme si Kitty venait de faire une bonne plaisanterie.

La serveuse apporta une assiette de petits pois aux saucisses qu'elle déposa avec fracas devant Madeleine Sheridan, tout en marmonnant en français qu'il fallait faire sortir ce poney du café.

Kitty cligna de l'œil en direction de Nina. D'abord du gauche. Puis du droit.

– La serveuse n'a pas l'habitude que les poneys viennent prendre leur petit déjeuner chez elle.

Au même instant l'animal se mit à lécher les saucisses sur l'assiette et tous les enfants éclatèrent de rire à la table voisine.

La doctoresse n'avait pas touché à sa tasse de café et Kitty en but une gorgée. Ses yeux avaient cessé de cligner.

– En fait, reprit-elle tandis que les jointures de ses phalanges blanchissaient en serrant la corde censée empêcher le poney de quitter la piste, elle m'a fait enfermer.

Elle s'essuya les lèvres du revers de la main.

– JE L'EMBARRASSAIS ALORS ELLE A APPELÉ UNE AMBULANCE.

Kitty saisit le couteau sur l'assiette, un couteau à la lame acérée, et l'agita devant la gorge de Madeleine Sheridan. Tous les enfants du café se mirent à crier, y compris Nina. Elle entendit la vieille dame dire à sa mère d'une voix lasse que Kitty était malade et son comportement imprévisible. Kitty hochait la tête et continuait de crier.

– Vous m'aviez dit que vous alliez chercher mes vêtements. Je vous ai attendue. Vous êtes une MENTEUSE. Je croyais que vous étiez gentille mais à cause de vous j'ai dû subir des électrochocs. À TROIS reprises. L'infirmière voulait même raser une partie de mes CHEVEUX.

La pointe du couteau s'écarta d'un centimètre, abandonnant le collier de perles laiteuses de Madeleine Sheridan.

– Je veux partir ! cria Nina à sa mère en essayant de garder son équilibre sur le poney qui tirait maintenant sur la corde en dressant les oreilles pour se rapprocher du sucrier.

Isabel tenta de délacer les étriers pour que Nina puisse descendre. La serveuse l'aida à défaire les boucles et Nina réussit à passer les deux jambes pardessus la selle mais n'osa pas sauter parce que le poney s'était brusquement cabré.

À l'intérieur du café quelqu'un téléphonait au propriétaire du parc.

– ILS ONT BRÛLÉ MES PENSÉES POUR LES FAIRE DISPARAÎTRE.

Tandis qu'elle se rapprochait de Madeleine Sheridan en brandissant le couteau vers son visage imperturbablement figé, deux petites plumes blanches se détachèrent de ses cheveux et voltigèrent vers Nina, qui se débattait toujours pour descendre du poney.

– Les médecins m'ont ESPIONNÉE à travers le judas. Ils m'ont forcée à avaler de la VIANDE. J'ai voulu mettre de la crème de jour mais mes joues étaient horriblement DOULOUREUSES à cause des électrochocs. Je préférerais MOURIR plutôt que de subir à nouveau un traitement pareil.

Nina s'entendit brusquement déclarer :

– Kitty a l'intention de se noyer.

On aurait dit qu'elle avait été la seule à entendre sa propre voix. Sa déclaration lui paraissait importante mais les autres ne partageaient visiblement pas son avis.

– Katherine va bientôt se noyer.

Même à ses propres oreilles la phrase n'avait été qu'un murmure, mais elle se dit que la vieille doctoresse avait dû l'entendre. Sa mère avait réussi à ôter le couteau de la main de Kitty et Nina entendit Madeleine Sheridan lui dire d'une voix tremblante :

– Il faut appeler la police. Je vais téléphoner à sa mère. Je vais immédiatement l'appeler.

Elle s'interrompit car Jurgen venait d'arriver, comme si Kitty l'avait appelé en pensée. Il parlait au propriétaire du parc, qui hochait la tête et paraissait troublé.

– J'ai des témoins.

Les pompons de sa cape rouge s'agitaient dans tous les sens, comme si c'étaient eux les témoins auxquels elle faisait allusion.

Kitty s'accrocha au bras de Jurgen.

– N'écoutez pas le docteur Sheridan. Elle fait une fixation sur moi. J'ignore pourquoi, mais c'est bel et bien le cas. Demandez à Jurgen.

Les yeux endormis de Jurgen cillèrent un instant derrière ses lunettes rondes.

– Viens, Kitty Ket, je te ramène à la maison.

Il dit quelque chose en français à Madeleine Sheridan et saisit Kitty par la taille. Tout le monde l'entendit déclarer d'une voix apaisante :

– Oublie tout ça Kitty Ket. La pollution nous affecte tous. Nous avons besoin d'une bonne cure de nature.

Les yeux de Madeleine Sheridan brûlaient avec l'intensité du charbon. Comme deux braises bleues. Elle voulait appeler la police. Elle avait été attaquée. Agressée. On aurait dit un matador encorné par le taureau. Le propriétaire du parc jouait avec un trousseau de clefs accroché à sa ceinture. Les clefs étaient presque aussi grandes que lui. Il voulait savoir où habitait la jeune femme. Quelle était son adresse ? Si madame voulait appeler la police ils auraient besoin de cette information. Isabel expliqua que Kitty était arrivée cinq jours plus tôt, qu'elle ne savait pas où aller et qu'ils lui avaient proposé d'occuper une chambre dans la villa qu'ils louaient.

Le propriétaire fronça les sourcils en entendant ça, tout en tapotant son trousseau de clefs de son pouce minuscule.

– Mais vous lui avez bien posé des questions ?

Isabel acquiesça. Ils lui avaient en effet posé des questions. Jozef lui avait demandé ce qu'était exactement une feuille. Et un cotylédon.

– Je ne pense pas qu'il faille déranger la police. C'est une affaire privée. Madame est un peu secouée mais elle n'est pas blessée.

Isabel parlait d'une voix douce, avec un léger accent gallois.

Le propriétaire faisait de grands gestes. Cette jeune femme débarquait bien de quelque part. Il s'interrompit pour adresser un signe de tête à deux individus chaussés de bottes boueuses qui avaient apparemment besoin de sa permission pour débiter un arbre avec une scie circulaire.

– Oui, lança sèchement Madeleine Sheridan, elle débarque bien de quelque part. D'un hôpital du Kent, dans le sud de l'Angleterre.

Elle tapota le collier de perles suspendu à son cou qui l'avait échappé belle et se tourna vers Isabel Jacobs.

– Je crois que votre mari l'a invitée à prendre l'apéritif demain au Negresco.

Vendredi

En route vers quoi ?

Les gens s'arrêtaient pour la regarder. Pour contempler et contempler encore cette jeune femme rayonnante dans sa robe de soie verte qui semblait marcher en apesanteur. La lanière gauche de ses chaussures à claquettes était défaite, comme pour l'aider à flotter au-dessus des mégots et des emballages de chocolat froissés qui jonchaient les dalles du trottoir. Avec la masse de ses cheveux ramenés au-dessus de sa tête Kitty Finch était presque aussi grande que Joe Jacobs. Tandis qu'ils descendaient la promenade des Anglais dans la lumière argentée de cette fin d'après-midi, les mouettes tombaient comme des flocons de neige depuis tous les toits de Nice. Elle avait jeté en travers de ses épaules sa cape de plumes blanches dont les rubans de satin étaient négligemment noués autour de son cou. Les plumes tremblaient, soulevées par le vent qui venait de la mer, la Méditerranée, de la même couleur songeait Joe que le khôl bleu et luisant qui soulignait ses yeux.

Ils apercevaient au loin le dôme rose de l'hôtel Negresco. Par respect il s'était changé, optant pour un costume à rayures, et avait même inauguré le dernier flacon de parfum qu'on lui avait envoyé de Zurich. Son parfumeur, dernier alchimiste du vingtième siècle, prétendait que les nuances les plus subtiles n'étaient pas les plus appropriées et que les plus triviales remontaient à la surface en cas de transpiration. Kitty glissa la main sous son bras à rayures, incise verticale rouge qui n'était pas sans rappeler le mille-pattes capturé deux jours plus tôt dans la rivière. Elle ne lui raconta pas la scène qui l'avait opposée à Madeleine Sheridan (elle en avait parlé avec Jurgen pendant des heures) et il ne lui raconta pas qu'il s'était retrouvé en train d'allumer un cierge à genoux dans la cathédrale orthodoxe russe. La tension de l'attente qui avait précédé leurs retrouvailles les avait poussés à se comporter d'une manière qu'ils ne comprenaient pas.

Lorsqu'ils arrivèrent devant le perron de marbre, le portier dans sa veste cramoisie et ses gants blancs leur ouvrit respectueusement la porte. L'enseigne du NEGRESCO était imprimée en lettres d'or en travers de l'arche vitrée. Les plumes de sa cape voletaient dans son dos comme les ailes du cygne dont elles provenaient. Elle plana plus qu'elle ne marcha jusqu'au bar dont les lumières tamisées soulignaient le velours rouge des fauteuils et les tapisseries tendues aux murs.

– Vous voyez ces tableaux représentant des nobles dans leur palais ?

Il contempla les portraits des aristocrates livides et solennels qui posaient assis sur des fauteuils tendus de brocart dans des pièces glaciales et dallées de marbre.

– Eh bien, ma mère astique leur argenterie et frotte leurs sous-vêtements.

– Elle est femme de ménage ?

– Oui. Elle s'occupait autrefois de la villa de Rita Dwighter. C'est pour cela qu'elle m'autorise à venir l'occuper gratuitement de temps en temps.

Cet aveu avait fait rougir la jeune femme mais il avait la réplique qu'il fallait.

– Ma mère faisait le ménage elle aussi. Je volais des œufs pour elle et les fourrais dans mes poches pour les rapporter à la maison.

Ils s'assirent côte à côte dans des fauteuils anciens. Les plumes blanches de sa cape frémirent lorsqu'il lui murmura :

– Il y a une note à notre intention sur la table. Ce doit être un message de Marie-Antoinette.

Kitty se pencha et saisit le carton qui était posé contre un vase garni de fleurs.

– Il paraît que le cocktail du mois est un mélange de champagne et d'un produit appelé *crème de fraise des bois*[1].

Joe opina comme si cette information était de la plus haute importance.

– Après la révolution il a été décidé que tout le monde profiterait du cocktail du mois. En prendrons-nous un ?

Kitty acquiesça avec enthousiasme.

Le serveur était déjà à ses côtés et prit sa commande comme s'il s'agissait d'un immense privilège. Un musicien qui s'ennuyait visiblement, vêtu d'une veste blanche tachée en plusieurs endroits, s'assit au piano et se mit à jouer *Eleanor Rigby* dans un coin du bar. Elle croisa les jambes et attendit qu'il lui parle de son poème. La nuit dernière elle avait vu quelque chose qui l'avait terrifiée et elle voulait lui en parler. Le

1. En français dans le texte. (*N.d.T.*)

jeune garçon se tenait à nouveau devant son lit. Il lui adressait des gestes désespérés comme s'il lui demandait de l'aide et il avait deux œufs durs dans sa poche. Il avait fait irruption dans son esprit. Elle avait décidé de recouvrir les miroirs au cas où il reviendrait. Elle glissa les mains sous son sac posé sur ses genoux afin qu'il ne s'aperçoive pas qu'elle tremblait.

– Parlez-moi un peu de votre mère. Est-ce qu'elle vous ressemble ?

– Non, elle est obèse. On pourrait modeler l'ensemble de mon corps à partir d'un seul de ses bras.

– Vous disiez qu'elle connaissait la propriétaire de la villa ?

– Oui. Rita Dwighter.

– Parlez-moi un peu de Rita et de ses douloureux placements immobiliers.

Elle n'avait pas envie de parler de la patronne de sa mère. L'indifférence qu'il manifestait à l'égard de l'enveloppe qu'elle avait glissée sous la porte de sa chambre lui était une véritable torture. Il n'arrêtait pas de changer de sujet. Elle prit une profonde inspiration et distingua une nuance de trèfle dans son parfum.

– Rita possède tellement de propriétés qu'elle a été obligée de s'exiler en Espagne pour échapper au fisc. Mais cela signifie qu'elle ne peut remettre les pieds au Royaume-Uni que quelques jours par an. Ma mère lui a dit que cela la mettait dans la même situation que si elle était en fuite. Cela a vexé Rita qui lui a répondu que son propre psy lui avait dit qu'elle devait accepter son désir de richesse.

Il se mit à rire et plongea les doigts dans la coupelle de cacahuètes posée sur la table. Ils trinquèrent et burent leur première gorgée de cocktail du mois.

– Quel est votre poème préféré, Kitty ?

– Vous voulez parler de ceux que j'ai écrits ? Ou de ceux des autres ?

Il devait savoir à présent qu'il était son poète préféré. Que c'était la raison de sa présence ici. Ses mots vivaient en elle. Elle les comprenait avant même de les avoir lus. Mais il ne voulait pas le reconnaître. Il était toujours là à plaisanter, à plaisanter bordel. Au point songea-t-elle qu'il devait se sentir terriblement en danger.

– Est-ce que vous préférez je ne sais pas, Whitman, Byron, Keats, Sylvia Plath…

– Oh, je vois. (Elle but une nouvelle gorgée de cocktail.) Dans ce cas pas d'hésitation. C'est un poème d'Apollinaire qui a ma préférence.

– Lequel ?

Elle rapprocha son fauteuil et saisit le stylo-plume qui était toujours fiché comme un micro dans la poche de sa chemise.

– Donnez-moi votre main.

Lorsqu'il posa la main sur son genou, sa paume laissa une auréole de sueur sur sa robe de soie verte. Elle planta la plume dans sa peau avec une violence qui le fit sursauter. Elle était plus forte qu'elle n'en avait l'air parce qu'elle maintenait sa main et qu'il ne pouvait pas ou ne voulait pas la retirer. Elle lui faisait mal avec son propre stylo en tatouant à l'encre noire les lettres sur sa peau.

I

L

P

L

E

U

T

Il regarda sa main endolorie.

– Pourquoi l'aimez-vous tant ?

Elle porta la flûte de champagne à ses lèvres et lécha l'intérieur du verre pour récupérer les dernières pulpes de fruit.

– Parce qu'il pleut toujours.

– Vraiment ?

– Oui. Vous le savez bien.

– Vraiment ?

– Il pleut toujours lorsqu'on se sent triste.

L'image de Kitty Finch sous une pluie perpétuelle, marchant sous la pluie, dormant sous la pluie, faisant ses courses et nageant et cueillant des plantes sous la pluie l'intriguait. Sa main était toujours sur son genou. Elle n'avait pas rebouché le capuchon de son stylo. Il voulait lui demander de le lui rendre mais lui proposa à la place un autre verre de cocktail. Elle était perdue dans ses pensées. Assise toute droite sur le fauteuil en velours son stylo à la main. La plume en or pointée vers le plafond. Des petits diamants de sueur perlaient le long de son cou. Il se dirigea vers le bar et posa les coudes sur le comptoir. Peut-être devrait-il supplier le personnel de le ramener chez lui. C'était impossible. Impossible de flirter ainsi avec la catastrophe mais c'était pourtant ce qui était en train de se produire, ce qui se produisait. Cela s'était produit et se produisait à nouveau mais il fallait qu'il lutte pour y mettre un terme. Il regarda la pluie noire qu'elle avait tatouée sur sa main et se dit qu'elle l'avait inscrite à cet endroit pour atténuer son ardeur au combat. Elle était maligne. Elle savait que la pluie adoucissait, faisait fondre les plus fermes résolutions. Il la voyait fouiller dans son sac à la recherche de quelque chose. Elle avait un livre à la main, l'un de ses livres à lui, et elle soulignait un passage quelque part avec son stylo. Peut-être était-elle une extraordinaire poète ? Cette pensée ne l'avait pas encore effleuré. Peut-être était-ce le cas.

Joe commanda deux autres cocktails du mois. Le barman dit à Monsieur qu'il les lui apporterait lorsqu'ils seraient prêts mais il n'avait pas envie de regagner si vite son antique fauteuil. Elle en connaissait un morceau en matière de poésie. Pour une botaniste. Pourquoi ne lui avait-il pas dit qu'il avait lu son poème ? Qu'est-ce qui l'en avait empêché ? Devait-il faire confiance à son instinct en s'abstenant de lui révéler qu'il avait perçu la menace qu'elle avait glissée dans cette enveloppe ? Il s'empara des deux flûtes glacées et la rejoignit. Cette fois-ci Joe vida son champagne à la fraise comme s'il s'agissait d'une pinte d'ale blonde. Il se pencha vers ses lèvres encore mouillées de champagne et les embrassa. Voyant qu'elle le laissait faire il l'embrassa à nouveau, mélangeant ses cheveux argentés à ses boucles cuivrées. Ses cils pâles enduits de mascara papillotèrent contre sa joue tandis qu'il serrait son cou élancé dans la paume de sa main et sentait ses ongles au vernis vert labourer son genou.

– Nous nous embrassons sous la pluie.

La voix de Kitty était dure et douce à la fois. Comme les fauteuils de velours. Comme la pluie noire tatouée à l'encre sur sa main.

Ses yeux étaient clos, ses paupières obstinément serrées. Il l'entraîna sous l'énorme lustre autrichien qui dominait le hall de l'hôtel. Elle avait la tête qui tournait, il fallait qu'elle boive. Elle l'entendit demander au réceptionniste italien s'ils avaient encore des chambres libres. Elle rouvrit les yeux. L'Italien au maintien impeccable pianota sur le clavier de son ordinateur. Oui, il restait une chambre. Mais elle était meublée dans le style Louis XIII et non pas Art déco et ne donnait pas sur la mer. Joe lui tendit sa carte de crédit. Le groom les conduisit jusqu'à un ascenseur tapissé de miroirs. Il portait des gants blancs. Il appuyait sur des boutons. Elle regarda les multiples reflets du bras de Joe qui transpirait en travers de sa taille, la soie verte de sa robe qui frémissait tandis que l'ascenseur imprégné d'une odeur de cuir montait silencieusement jusqu'au troisième étage.

Métaphores

Madeleine Sheridan avait officiellement invité Isabel à la Maison Rose. Elle lui tendit un verre de porto tout en lui faisant signe de se mettre à l'aise et de s'installer sur l'inconfortable chaise longue. Elle-même prit place sur le fauteuil face à la journaliste et retira délicatement quelques fils de cheveux argentés qui s'étaient égarés dans son verre de whisky. Sa vue était aussi trouble que l'eau de la piscine dont Kitty Finch s'était plainte auprès de Jurgen et elle se dit qu'elle était peut-être en train de devenir aveugle. Cela renforça sa volonté d'aider Isabel Jacobs à considérer la situation dans la plus grande clarté possible. De l'aider à comprendre que le fait d'être menacée avec un couteau n'avait rien d'anodin. Curieusement d'ailleurs elle ressentait une vive douleur en travers de la gorge alors que la lame brandie par Kitty Finch ne l'avait même pas effleurée. Elle se sentait davantage dans la peau du docteur Sheridan que dans celle de Madeleine en lui expliquant qu'elle avait téléphoné à la mère de Kitty, qui arriverait dimanche en début de matinée.

Mrs Finch viendrait de l'aéroport en voiture pour récupérer sa fille à la villa et la ramener en Angleterre. Isabel gardait les yeux baissés et regardait ses sandales.

– Vous êtes visiblement convaincue qu'elle est très malade, Madeleine.

– Oui. C'est évidemment le cas.

Chaque fois qu'Isabel prenait la parole, Madeleine Sheridan avait l'impression de l'entendre annoncer les titres du journal télévisé. Sa mission était d'aider l'excentrique famille Jacobs à regarder les choses en face et ce n'était pas une mince affaire.

– La vie est un devoir devant lequel elle se dérobe. Nina nous l'a bien dit.

Isabel but une gorgée de porto.

– Madeleine… il s'agit d'un simple poème.

Le docteur Sheridan poussa un soupir.

– Cette fille a toujours été un peu dérangée. Mais quelle beauté, n'est-ce pas ?

– Oui, elle est très belle.

Isabel avait prononcé cette dernière phrase d'une drôle de façon, comme si cela lui faisait peur.

– Si vous me permettez, Isabel… Pourquoi avez-vous invité une étrangère à venir loger chez vous ?

Isabel haussa les épaules, comme si la réponse allait de soi.

– Elle ne savait pas où aller et nous avons plus de place qu'il ne nous en faut. Qui a vraiment besoin de cinq salles de bains, Madeleine ?

Madeleine Sheridan essayait de se faire une idée claire d'Isabel Jacobs mais tout ce qui transparaissait d'elle était un peu confus, il fallait bien l'avouer. Elle se parlait à elle-même en français parce que la langue anglaise était moins adaptée à ce qu'elle avait à dire. Ses paroles venaient buter contre ses lèvres, Ki Ki Ki, comme si elle était véritablement hantée par Kitty Finch : laquelle, Dieu sait pourquoi, suscitait l'admiration dévote de Jurgen et de tous ceux qu'elle réussissait à manipuler. Au cours des trois dernières semaines elle avait observé la famille Jacobs depuis la meilleure place de son petit théâtre privé, le fauteuil d'où nul ne pouvait la voir au fond de son balcon. Isabel Jacobs avait peut-être cherché à pousser Kitty Finch dans les bras de son lamentable mari mais elle avait pris ce faisant un risque considérable, parce qu'elle allait du même coup perdre sa fille. Oui. Si son mari séduisait cette cinglée il serait impossible de revenir en arrière et de reprendre le fil antérieur de leur existence. Isabel demanderait à son mari de quitter la demeure familiale. Telle une meurtrière, Nina Jacobs devrait alors choisir entre ses deux parents et éliminer celui dont elle pouvait se passer. Isabel n'avait-elle pas compris que sa fille s'était déjà adaptée à une existence dont sa mère était exclue ? Madeleine Sheridan essayait de contenir le mouvement de ses lèvres qui proféraient d'aussi désagréables constats. Mais cela ne donnait aucun résultat tangible, sinon qu'Isabel n'arrêtait pas de s'agiter sur sa chaise longue. De croiser et de décroiser les jambes. Il faisait si chaud à l'extérieur qu'elle avait rebranché l'ancien système d'air conditionné, qui gargouillait au-dessus de sa tête. Madeleine sentait bien (même si cette réalité demeurait impalpable) qu'Isabel était une femme courageuse. Durant ses études de médecine elle avait pu observer un certain nombre de femmes qui rêvaient de devenir cardiologues, gynécologues ou spécialistes de la sclérose en plaques. Puis elles faisaient des enfants et quelque chose se produisait en elles. Elles se sentaient brusquement lasses, fatiguées. À longueur de temps. Madeleine Sheridan aurait voulu que la femme soignée au regard impénétrable qui était assise dans son salon tombe le masque, qu'elle s'effondre ou témoigne d'une forme de fragilité. Qu'elle lui avoue qu'elle avait besoin d'elle et surtout que cette conversation avait de l'importance à ses yeux.

Au lieu de ça l'épouse trahie enroulait autour de ses doigts les boucles de ses longs cheveux noirs en lui demandant un nouveau verre de porto. On aurait presque dit qu'elle lui faisait du charme.

– Quand avez-vous pris votre retraite, Madeleine ? J'ai souvent interviewé des médecins qui travaillaient dans des conditions extrêmement difficiles. Sans lampes, sans civières, parfois même sans produits médicaux.

La gorge de Madeleine Sheridan l'élançait. Elle se pencha vers la femme qu'elle cherchait à détruire, prit une brève inspiration et attendit que les mots lui viennent, qu'elle parvienne à dire quelque chose sur le travail qu'elle faisait avant de prendre sa retraite et la difficulté qu'elle avait éprouvée à convaincre les patients aux revenus les plus modestes d'arrêter de fumer.

– C'est mon anniversaire aujourd'hui.

Elle se rendit compte qu'elle avait prononcé ces mots d'une voix implorante mais il était trop tard pour faire machine arrière et changer d'intonation. Si elle avait pu se reprendre elle aurait répété sa phrase d'une voix plus légère, désinvolte, comme si elle était amusée d'être encore en vie. Isabel parut sincèrement décontenancée.

– Joyeux anniversaire ! Si j'avais su j'aurais apporté une bouteille de champagne.

– Je vous remercie de cette intention. (Madeleine Sheridan s'aperçut qu'elle s'était à nouveau exprimée comme une Anglaise ordinaire de la classe moyenne.) Quelqu'un s'est introduit dans mon jardin pour me voler mes roses et je n'ignore évidemment pas que Kitty Finch est en colère contre moi.

L'épouse excentrique du poète lui disait que le fait de voler quelques roses n'était pas exactement une preuve de désordre mental et qu'il se faisait tard de toute façon, il fallait qu'elle aille dire bonne nuit à sa fille. Par la fenêtre opposée elle apercevait la pleine lune qui flottait dans le ciel. Que faisait donc l'épouse du poète ? Elle s'avançait vers elle, s'approchait de plus en plus. Elle sentait vaguement le miel.

Isabel Jacobs lui souhaita de nouveau un joyeux anniversaire et ses lèvres étaient brûlantes lorsqu'elles effleurèrent sa joue. Ce baiser lui fit aussi mal que la douleur qui élançait sa gorge.

Langues étrangères

Nina dormait mais dans son rêve elle était éveillée et marchait en direction de la chambre libre. Kitty était étendue sur son lit. Son visage avait enflé et sa lèvre était fendue. Elle ne ressemblait plus vraiment à Kitty. Nina l'entendit murmurer son nom.

Elle s'approcha à pas de loup. Les paupières de Kitty étaient recouvertes d'un fard verdâtre, on aurait dit des feuilles d'arbre. Nina s'assit à l'extrémité du lit. Kitty lui était interdite parce qu'elle était dangereuse. Elle faisait des choses dangereuses. Nina déglutit et transmit quelques informations au cadavre de Kitty.

Ta mère va venir te chercher.

Elle posa une souris bleue en sucre sur le pied de Kitty. L'animal avait un petit bout de ficelle en guise de queue. Nina l'avait trouvé sous le lit de Kitty.

Et je t'ai acheté du savon.

Elle avait vu Kitty chercher du savon à plusieurs reprises mais il n'y en avait pas dans sa salle de bains et elle disait qu'elle avait dépensé tout l'argent qu'il lui restait pour louer cette voiture.

J'ai lu ton poème. Je le trouve extraordinaire. C'est la plus belle chose que j'aie lue de ma vie.

Elle récita quelques vers. Non pas tels qu'ils étaient dans le poème mais tels qu'elle s'en souvenait.

Sauter des deux pieds en avant
Sauter des deux pieds en arrière
Penser aux différents moyens de vivre

Les paupières de Kitty se mirent à trembler et Nina comprit qu'elle s'était trompée et n'avait pas cité correctement le poème. Puis elle demanda à Kitty de tirer la langue mais Kitty se mit à lui parler en yiddish ou peut-être en allemand en lui disant « Lève-toi ! », ce qui réveilla Nina.

Infect argent

Il passa les mains autour de son cou et détacha le ruban de satin blanc qui retenait sa cape de plumes. Le lit à baldaquin aux lourdes tentures dorées ressemblait à une grotte. Elle entendit une alarme de voiture qui se déclenchait tandis que des mouettes criaient sur le bord de la fenêtre, les yeux fixés sur le papier peint. Les plumes blanches de sa cape gisaient éparpillées sur le drap comme si un renard l'avait attaquée. Elle l'avait achetée dans un marché aux puces d'Athènes mais ne l'avait jamais portée auparavant. Le cygne était le symbole de l'année qui meurt au fil de l'automne avait-elle lu quelque part. Cela s'était gravé dans son esprit et lui avait fait penser à la manière dont les cygnes plongent la tête dans l'eau en renversant leur corps. Elle avait mis la cape de côté pour une occasion quelconque, peut-être pour aujourd'hui. Difficile de savoir ce qu'elle avait en tête lorsqu'elle avait troqué son argent contre les plumes qui avaient protégé du froid cet oiseau aquatique et étaient également munies de ces pennes dont on se servait jadis pour écrire. Il était en elle à présent mais il l'était déjà auparavant, c'était justement cela qu'elle n'arrivait pas à lui dire mais elle le lui avait écrit dans le poème qu'il n'avait pas lu et l'alarme s'était arrêtée à présent, elle entendait des éclats de voix au-dehors à travers la fenêtre ouverte. Un voleur avait dû fracturer une voiture parce que quelqu'un en bas balayait du verre brisé.

Un peu plus tard il lui fit couler un bain.

Ils descendirent à la réception et elle resta sous les facettes aveuglantes du lustre en cristal autrichien tandis que Joe signait quelque chose avec son stylo. Le réceptionniste italien lui rendit sa carte de crédit et le portier leur ouvrit les portes vitrées. Tout était comme auparavant mais avec un léger décalage. Le pianiste jouait toujours *Eleanor Rigby* dans le bar qu'ils avaient quitté deux heures plus tôt mais il fredonnait les paroles à présent. Les palmiers plantés le long des deux voies où s'écoulait la circulation étaient nimbés d'une lumière dorée. Kitty fit cliqueter dans sa main les clefs de la voiture et demanda à Joe de l'attendre pendant qu'elle allait s'acheter une souris en sucre au stand de la confiserie sur l'esplanade. Les souris étaient alignées sur un plateau d'argent. Roses blanches jaunes bleues. Elle écarta une Vietnamienne qui achetait de la guimauve à la fraise et examina les bouts de ficelle qui leur tenaient lieu de queues minuscules. Elle finit par choisir une souris bleue, fit tomber les clefs de la voiture en cherchant de la monnaie dans son sac. Lorsqu'ils arrivèrent à la voiture elle lui dit qu'elle avait faim. Son bégaiement était revenu pour les tourmenter l'un et l'autre. Cela le dérangeait-il si elle s'arrêtait quelque part pour acheter une pi pi pi ? D'accord dit-il, je mangerais bien une pizza moi aussi et ils aperçurent la terrasse d'un restaurant à côté d'une église dans la chaleur de la nuit. C'était la première fois qu'il la voyait manger. Elle dévora la fine pizza aux anchois et il lui en acheta une autre avec des câpres et ils burent du vin rouge comme s'ils étaient bel et bien les deux amants qu'ils ne pouvaient pas être. Elle jouait avec les bougies allumées sur la table imprimant ses doigts dans la cire et lorsqu'il lui demanda de lui donner l'une de ces empreintes en lui disant qu'il la conserverait toujours elle lui dit qu'elle avait de toute façon laissé ses empreintes partout sur son corps. Puis elle lui parla de l'hôpital du Kent et de la manière dont les infirmières d'Odessa comparaient pendant la pause déjeuner les morsures que leur avaient faites leurs amants. Elle avait également écrit quelque chose à ce sujet mais elle ne lui demandait pas de le lire, elle l'informait juste que ce texte ferait partie de son premier recueil de poèmes. Il lui montra comment tremper les feuilles d'artichaut dans la vinaigrette au bord de son assiette et la regarda éponger avec du pain l'huile qui restait au bout de ses doigts effilés. Ils trinquèrent et elle lui raconta comment après les électrochocs alors qu'elle gisait pantelante sur les draps blancs elle savait que les médecins anglais n'avaient pas réussi à effacer les pensées qui lui trottaient dans la tête etc., mais il savait déjà tout ça, à quoi bon s'y attarder puisque la nuit était si douce à cette heure dans les ruelles du vieux Nice, ce qui changeait de la journée où tout était rude et gangréné par l'argent. Il acquiesçait à tout cela et même s'il ne lui posait pas la moindre question il savait que d'une certaine manière ils étaient en train de parler de son poème. Deux heures plus tard, à mi-chemin sur la route de montagne, alors que Kitty était penchée sur le volant pour négocier les dangereux virages il regarda sa montre. C'était une excellente conductrice. Il admirait ses mains aux doigts encore tachés de cire qui tenaient fermement le volant en engageant la voiture dans les virages. Kitty klaxonna tandis qu'un lièvre traversait la route et la voiture fit une embardée.

Elle lui demanda d'ouvrir sa fenêtre pour qu'elle puisse entendre les appels des insectes dans la forêt. Il baissa sa vitre et lui demanda une fois encore de ne pas quitter la route des yeux.

– Oui, répéta-t-elle, les yeux à nouveau fixés sur la route.

Sa robe de soie glissa sur ses épaules tandis qu'elle se penchait sur le volant. Un lièvre traversa la route et la voiture fit une embardée. Il avait quelque chose à lui demander. Une requête un peu délicate dont il espérait qu'elle comprendrait la nécessité.

– Il vaudrait mieux qu'Isabel n'apprenne pas ce qui s'est passé ce soir.

Kitty éclata de rire et la souris bleue tressauta sur ses genoux.

– Isabel est déjà au courant.

– Au courant de quoi ?

Il lui dit qu'il avait la tête qui tournait. Pouvait-elle ralentir un peu ?

– C'est pour ça qu'elle m'a proposé de rester. Elle veut te quitter.

Il fallait que la voiture ralentisse. Il avait le vertige et l'impression de tomber alors qu'il savait être assis sur le siège du passager dans une voiture de location. Était-il exact qu'Isabel avait entamé le processus conduisant à la fin de leur union et invité Kitty Finch afin qu'elle soit sa dernière trahison ? Il évitait de regarder les cascades qui grondaient un peu plus bas contre les rochers ou les arbustes décharnés qui s'agrippaient au versant de la montagne.

– Pourquoi ne pars-tu pas avec ton sac à dos pour les champs de pavot du Pakistan comme tu disais en avoir envie ?

– C'est vrai, dit-elle. Tu viendras avec moi ?

Il souleva le bras qu'il avait posé en travers de ses épaules et contempla les mots qu'elle avait inscrits sur sa main. Elle l'avait marqué comme on marque le bétail pour qu'on sache à qui il appartient. L'air froid de la montagne lui mordait les lèvres. Elle conduisait trop vite sur cette route qui était une forêt jadis. Des hommes y avaient vécu aux temps préhistoriques. Ils contemplaient le feu et les allées et venues du soleil. Ils lisaient dans les nuages et essayaient de comprendre l'esprit humain. Son père avait voulu l'égarer dans une forêt en Pologne quand il avait cinq ans. Il ne devait pas laisser la moindre trace de son existence parce qu'il ne devait jamais retrouver son chemin. C'était ce que son père lui avait dit. On ne peut pas rentrer chez soi. C'était une chose impossible à comprendre mais qu'il devait pourtant comprendre.

– Pourquoi n'as-tu pas lu mon po po po ?

Ma chérie l'entendit-elle lui dire tandis qu'elle appuyait avec sa chaussure blanche sur la pédale du frein. La voiture fit une embardée vers le flanc de la montagne. Il y avait une réelle tendresse dans sa voix quand il avait dit « ma chérie ». Quelque chose avait changé dans son intonation. Sa tête vibrait comme si elle avait bu quinze express d'affilée. Puis englouti douze morceaux de sucre. Elle coupa le contact, tira le frein à main et se détendit, enfoncée dans son siège. Enfin. Enfin il daignait lui parler.

– Ce n'est pas très honnête de ta part de me faire lire un poème soi-disant pour avoir mon opinion alors que ce que tu cherches, finalement, ce sont des raisons de vivre. Ou des raisons de ne pas mourir.

– Tu cherches des raisons de vivre toi aussi.

Il se pencha vers elle et l'embrassa sur les yeux. D'abord le gauche, puis le droit. Comme s'il s'agissait déjà de son cadavre.

– Je ne suis pas le lecteur qui convient à ton poème. Tu le sais très bien.

Elle réfléchit à cette assertion en suçotant sa souris bleue.

– Ce qui compte, ce n'est pas de mourir. C'est la décision de mourir.

Il sortit son mouchoir pour qu'elle ne voie pas ses yeux. Il s'était juré de ne jamais laisser transparaître son appréhension, sa vacuité ni sa déroute devant sa femme et sa fille. Il les aimait, cette épouse et cette enfant aux yeux noirs, il les aimait et ne pourrait jamais leur avouer ce qui avait si longtemps occupé ses pensées. Les larmes malencontreuses continuèrent de ruisseler sur son visage comme elles avaient ruisselé sur celui de Kitty Finch dans le verger rempli d'arbres maladifs et de chiens invisibles. Il fallait qu'il s'excuse de ne pas avoir su réfréner son désir, de ne pas avoir su le combattre.

– Je suis désolé de ce qui s'est passé au Negresco.

– Qu'est-ce qui te désole dans ce qui s'est passé au Negresco ? (Kitty parlait d'une voix douce, lucide et confiante.) Je sais que tu aimes la soie, c'est pour cela que j'ai mis cette robe.

Il sentait les doigts de la jeune femme sur ses joues humides et le parfum qui émanait de ses cheveux. Le fait d'avoir partagé son intimité l'avait amené au bord d'une dangereuse vérité. Au bord des ponts sur lesquels il avait fait halte dans les villes d'Europe. La Tamise qui traversait d'ouest en est le sud de l'Angleterre avant de se jeter dans la mer du Nord. Le Danube qui prenait sa source dans la Forêt-Noire et rejoignait la mer Noire. Le Rhin qui se jetait dans la mer du Nord. Le fait d'avoir couché avec elle l'avait amené au bord de la ligne jaune qui courait sur les quais des gares et des stations de métro où il avait envisagé cette possibilité. Paddington. South Kensington. Waterloo. Une fois dans le métro à Paris. À deux reprises dans celui de Berlin. La mort avait longtemps occupé ses pensées. L'idée de se jeter dans les eaux d'un fleuve ou sous les roues d'un train ne durait qu'une fraction de seconde : un tremblement, une saccade et un pas en avant suivi jusqu'à présent d'un brusque recul. Un recul pour retourner vers ce pack de six bières pour le prix de cinq, vers le poulet qu'il fallait faire rôtir pour Nina, vers le thé de cinq heures, Yorkshire ou Tetleys, jamais du Earl Grey, pour retourner vers Isabel qui était toujours quelque part ailleurs.

Quel lecteur était-il pour lui demander si elle souhaitait vivre ou mourir alors qu'il était lui-même si peu présent. Il se demanda quel genre de catastrophe germait à l'intérieur de Kitty Finch. Elle lui dit qu'elle avait oublié ce dont elle s'était souvenue. Il avait envie de fermer boutique comme Mitchell et Laura à Euston. Tout ce qui était ouvert devait se refermer. Ses yeux. Sa bouche. Ses narines. Ses oreilles qui étaient toujours à l'écoute. Il dit à Kitty Finch qu'il avait lu son poème et que celui-ci n'avait pas cessé depuis lors de résonner en lui. Qu'elle était un écrivain d'une incommensurable puissance et surtout qu'il espérait bien qu'elle réaliserait ses rêves. Il fallait qu'elle aille voir la Grande Muraille de Chine, découvrir cette force vitale et ce rêve qu'est l'Inde. Et qu'elle n'oublie pas pour autant la lumière plus proche mais tout aussi mystérieuse des lacs du Cumberland. Tous ces paysages méritaient le détour.

Il faisait de plus en plus sombre et elle lui dit que les freins de la voiture de location ne marchaient plus, qu'elle n'y voyait plus rien, qu'elle ne distinguait même plus ses mains.

Il lui dit de ne pas quitter la route des yeux, de s'en tenir à ça, et pendant qu'il parlait elle l'embrassait et conduisait en même temps.

– Je sais ce que tu penses. La vie mérite uniquement d'être vécue parce que nous espérons qu'elle ira en s'améliorant et que nous finirons tous par rentrer chez nous sains et saufs. Mais tu as essayé et tu n'es pas rentré chez toi sain et sauf. Tu n'es pas rentré du tout. C'est pour cela que je suis ici, Jozef. Je suis venue en France pour te sauver de tes propres pensées.

Samedi

Nina Ekaterina

Lorsque Nina se réveilla juste après l'aube le samedi matin elle sut aussitôt que tout avait changé. Les portes qui donnaient sur son balcon étaient grandes ouvertes comme si quelqu'un était venu pendant la nuit. Quand elle aperçut le papier jaune enroulé comme un parchemin sur son oreiller elle eut la certitude qu'il aurait été plus sage de se rendormir et de se terrer ici tout le reste de la journée. Les mots sur le papier jauni avaient été rédigés d'une écriture tremblante par quelqu'un qui se dépêchait et qui avait de toute évidence l'habitude de prendre des notes. Lorsqu'elle eut fini de lire le message elle descendit à pas de loup et franchit les portes-fenêtres qui permettaient d'accéder à la piscine. Elles étaient déjà ouvertes, comme elle s'y attendait. Elle savait déjà ce qu'elle allait découvrir.

Quelque chose flottait dans le bassin et elle n'en fut pas surprise. En regardant mieux elle s'aperçut que le corps de Kitty ne flottait pas réellement mais était immergé dans l'eau, à la verticale. Il était enveloppé dans une robe de chambre écossaise mais celle-ci avait glissé. Le matelas pneumatique jaune venait heurter le bord du bassin et dérivait lentement en direction du corps. Elle s'entendit dire à voix haute :

– Kitty ?

La tête était rejetée en arrière dans l'eau, la bouche béante. Puis elle distingua ses yeux, vitreux et grands ouverts. Ce n'étaient pas ceux de Kitty.

– Papa ?

Son père ne répondit pas. Elle crut qu'il lui faisait une blague. Il allait émerger de l'eau d'un instant à l'autre en poussant un rugissement.

– Papa ?

Son corps était si grand, si silencieux. Tout le vacarme qui constituait son père, tous les mots les exclamations les bredouillements qu'il recelait s'étaient dissipés, avaient disparu dans l'eau. Tout ce qu'elle savait c'est qu'elle s'était mise à hurler et que les portes s'étaient brusquement ouvertes avec fracas puis que sa mère avait plongé dans le bassin. Mitchell avait sauté à son tour. Ensemble ils tirèrent le corps jusqu'au matelas pneumatique et tentèrent avec difficulté de le hisser hors du bassin. Nina entendit sa mère crier quelque chose à Laura. Elle regardait Mitchell qui étendait le corps sur les dalles et pesait de tout son poids en appuyant sur sa poitrine, de haut en bas. Elle entendit l'eau éclabousser les dalles tandis que sa mère retirait non sans peine la robe de chambre du bassin. Elle ne comprenait pas pourquoi elle était si lourde mais vit soudain sa mère extraire quelque chose de l'une des poches. C'était un galet de la taille d'une main, percé d'un trou en son milieu. Nina vit sa mère batailler et extirper trois autres galets qu'elle avait ramassés sur la plage avec Kitty et se dit que du temps avait dû s'écouler et que le soleil devait briller à présent au-dessus de la piscine dont la couleur avait changé.

Elle frissonna et chercha le soleil dans le ciel mais ne l'aperçut pas.

Mitchell avait enfoncé ses doigts dans la bouche de son père. Puis il lui pinça le nez. Mitchell haletait et n'arrêtait plus d'embrasser son père à présent.

– Je ne sais pas. Je ne sais pas.

Laura se précipitait vers la villa en criant quelque chose à propos de la notice de renseignements. Où était Jurgen ? Tout le monde criait en appelant Jurgen. Nina sentit une main se poser sur sa tête. Kitty Finch lui caressait les cheveux. Puis Kitty l'aida à franchir les portes-fenêtres et lui dit de s'asseoir sur le canapé pendant qu'elle aidait Laura à chercher la notice de renseignements. Elle n'entendit rien d'autre au cours des minutes suivantes. Où est donc cette notice de renseignements ? Quelqu'un a-t-il vu la notice de renseignements ? Nina n'était pas très sûre de savoir si c'était son père ou Kitty Finch qui était mort mais elle resta sagement assise sur le canapé en regardant les reproductions de Picasso encadrées sur le mur. Une arête de poisson. Un vase bleu. Un citron. Ce fut seulement en entendant Laura s'écrier « Elle est jaune, c'est une feuille de papier jaune » qu'elle se rendit compte qu'elle tenait une feuille jaune à la main et la tendit à Laura. Laura la dévisagea d'un air ahuri puis lui arracha la feuille des mains et se précipita vers le téléphone. Nina la vit qui considérait la liste des numéros.

– Je ne sais pas Kitty. Je ne sais pas lequel appeler.

Kitty lui répondit d'une voix lasse, presque détachée.

– L'hôpital est à Grasse, sur le chemin de Clavary.

Il se mit à pleuvoir. Nina s'entendit sangloter. Elle se tenait à l'extérieur d'elle-même, se regardait regarder à travers les portes vitrées.

L'ambulance et la police arrivaient. Madeleine Sheridan était là elle aussi. Elle criait à Mitchell :

– Redressez-lui la tête, pincez-lui le nez !

Nina la vit qui cherchait le pouls de son père en lui palpant le cou.

– Ne le mettez pas en position latérale, Mitchell. Je crois que la colonne est touchée.

Puis elle entendit la vieille dame s'écrier :

– Ça y est…

Nina se mit à pleurer sous la pluie sans être sûre d'avoir compris ce qui se passait. Tandis qu'elle courait vers sa mère elle s'entendit pousser un cri déchirant qui ressemblait un peu à un rire mais qui n'en était pas un. Ses lèvres s'étaient retroussées et son diaphragme était douloureux. Elle fronçait les sourcils et plus elle criait plus ses sourcils se fronçaient. Elle sentit sa mère la prendre dans ses bras, lui caresser le cou. Sa mère était en chemise de nuit, le tissu était froid et mouillé et il émanait d'elle une odeur de cosmétiques. Dans son enfance elle se livrait à un jeu morbide qui consistait à choisir lequel de ses deux parents elle préférerait voir mourir. Elle s'était longuement fait souffrir avec ce jeu et elle plongeait à présent son visage dans la poitrine de sa mère en sachant qu'elle l'avait trahie jadis.

Sa douceur contre sa joue la fait pleurer davantage et elle se dit que sa mère doit lire dans ses pensées car elle l'entend qui lui murmure à l'oreille quelques mots à peine audibles, aussi légers qu'une feuille d'automne emportée par le vent : « Ne t'en fais pas, ne t'en fais pas. »

Son père a été étendu sur une civière. La police a entrepris de draguer la piscine. Jurgen est là lui aussi, une serpillière à la main, frottant énergiquement le sol autour des plantes en pots. Il a même pris la peine d'enfiler une salopette de marin qui lui donne pour le coup vraiment l'air d'un gardien.

Les nouvelles

Isabel rejoignit les auxiliaires médicaux et prit la main de Jozef dans la sienne. Elle crut tout d'abord qu'une colonne de fourmis progressait comme une cohorte militaire en direction de ses phalanges. Elle distingua ensuite les voyelles et les consonnes tracées à l'encre noire qui s'estompaient déjà :

I
L
P
L
E
U
T

Elle percevait le bourdonnement des abeilles juste à côté et s'entendit dire d'une voix insistante que son mari devait être transporté par hélicoptère. Mais elle se contentait surtout de répéter son nom.

Jozef. S'il te plaît Jozef. Jozef. S'il te plaît Jozef.

Pourquoi s'était-il entaillé la main de cette manière ? Où avait-il fait ça et comment avait-il pu le supporter et qu'est-ce que cela signifiait ? Elle étreignit ses doigts et lui demanda de s'expliquer. Elle lui promit de s'expliquer elle aussi de son côté. De le faire sur-le-champ. Elle lui dit qu'elle aurait aimé elle aussi sentir l'amour qu'il lui portait tomber sur elle comme une pluie. C'était cette pluie qu'elle avait désespérément attendue durant les longues années de leur mariage anticonformiste. Les auxiliaires médicaux lui demandèrent de s'écarter pour leur laisser le passage mais elle ne bougea pas car c'était ce qu'elle faisait depuis toujours, s'écarter pour lui laisser le passage. Aimer cet homme avait été le plus grand risque qu'elle ait pris dans sa vie. Cette chose, cette menace planait derrière le moindre de ses mots. Elle le savait depuis le début. Elle l'avait toujours su. Il avait enfoui des grenades et des bombes à retardement dans les routes et les pistes de tous ses livres, elles gisaient dans les tréfonds de chacun de ses poèmes, mais s'il mourait maintenant sa fille allait devoir traverser un monde à jamais ravagé et cela la plongeait dans une rage folle.

Jozef. S'il te plaît Jozef. Jozef. Jozef. S'il te plaît.

Elle se rendit brusquement compte que quelqu'un l'écartait et perçut l'odeur du sang.

Un individu massif au crâne rasé, un revolver accroché à sa ceinture, lui posait des questions. Quelle que soit la question, elle ne pouvait jamais répondre d'une manière simple ou directe. Quel était le nom de son mari ?

Jozef Nowogrodzki à en croire son passeport. Joe Harold Jacobs sur tous ses autres papiers d'identité. En fait elle ne pensait pas qu'il s'appelait réellement Nowogrodzki mais c'était le nom que ses parents avaient inscrit sur son passeport. Elle ne lui révéla pas davantage qu'on appelait son mari de bien d'autres façons : J.H.J., Joe, Jozef, le célèbre poète, le grand poète anglais, cet enfoiré de poète, le poète juif, le poète athée, le poète moderne, le poète d'après l'Holocauste, le poète coureur de jupons. Et où était né monsieur Nowogrodzki ? En Pologne. À Lodz. En 1937. Lodz se prononce Wodge en anglais mais elle ne savait pas comment cela se disait en français. Les noms de ses parents ? Elle n'était pas sûre de savoir les épeler. Avait-il des frères et sœurs ? Oui. Non. Il avait une sœur. Qui s'appelait Friga.

L'inspecteur avait l'air dérouté. Isabel fit ce qu'elle savait le mieux faire.

Elle lui résuma les nouvelles, à ceci près qu'elles n'étaient plus de la première fraîcheur. Son mari avait cinq ans lorsqu'on l'avait fait passer illégalement en Angleterre, en 1942, à moitié mort de faim et muni de faux papiers. Trois jours après son arrivée sa mère et son père avaient été déportés ainsi que sa petite sœur de deux ans au camp de la mort de Chelmno, dans l'ouest de la Pologne. L'inspecteur, qui comprenait mal l'anglais, leva la main comme s'il avait voulu interrompre la circulation sur une route fréquentée. Il expliqua à l'épouse du poète juif qu'il était regrettable que les Allemands aient envahi la Pologne en 1939 mais qu'il menait une enquête concernant un meurtre commis dans les Alpes-Maritimes en 1994. Reconnaissait-elle que monsieur Nowogrodzki ou était-ce monsieur Jacobs avait laissé un dernier message à sa fille ? À moins qu'il ne s'agisse d'un poème ? Ou d'une preuve ? Quoi qu'il en soit il était adressé à Nina Ekaterina. Il glissa la notice jaune dans un sachet en plastique. D'un côté figuraient les instructions concernant le fonctionnement du lave-vaisselle. De l'autre cinq lignes écrites à l'encre noire. Ces dernières instructions étaient apparemment destinées à sa fille.

Il n'était pas encore six heures du matin mais tout le village avait déjà appris la nouvelle. Lorsque Claude arriva à la villa avec un panier rempli de pain Mitchell l'envoya paître, peu tenté pour une fois par une lichette, les yeux encore irrités par le chlore de l'eau trouble. Les auxiliaires médicaux s'échangeaient leurs consignes en hurlant et Isabel dit à Nina qu'elle monterait elle aussi dans l'ambulance. On allait brancher des tuyaux dans le nez de son père et lui faire un lavage d'estomac pendant le trajet qui le conduirait à l'hôpital. L'ambulance entreprit sa descente sur la route de montagne. Nina sentit que Claude l'emmenait vers la villa de Madeleine Sheridan, qui s'appelait la Maison Rose bien qu'elle fût peinte en bleu. En cours de route elle aperçut Jurgen qui serrait Kitty Finch contre lui et lorsque Mitchell lança à cette dernière : « Fichez le camp et ne remettez plus les pieds ici » tout le monde entendit ce que Kitty lui répondit. Elle chuchotait presque mais elle aurait aussi bien pu crier car tout le monde savait ce qu'elle allait lui dire.

– Il s'est tiré une balle dans la tête avec l'un de vos pistolets, Mitchell.

Le corps massif de Mitchell était plié en deux. Quelque chose était en train de se passer qui affectait ses yeux, sa bouche, ses narines. Des larmes, de la salive et de la morve s'écoulaient par tous les orifices de son visage. Sans qu'on lui ait tiré dessus il avait cinq trous dans la figure. Pour respirer, regarder, manger. Tout le monde avait les yeux tournés vers lui mais la scène qu'il voyait était floue. Tous ces gens avaient eux aussi le visage troué. Comment allait-il se protéger de cette foule quand ils le montreraient du doigt ? Il dirait la vérité à la police. Lorsque l'arme perse à la crosse d'ébène avait disparu il avait cru que c'était la folle qui l'avait volée pour le punir d'être un chasseur et de tuer les animaux. Le téléphone se mit à sonner puis cessa de sonner et il entendit Laura pousser un gémissement. Ses muscles étaient douloureux d'avoir dû tirer ce corps hors de l'eau. Il était tellement lourd. Aussi lourd qu'un ours.

Nina Jacobs

Londres, 2011

Chaque fois que je fais ce rêve du vingtième siècle à propos de mon père, je me réveille en oubliant dans la foulée mes mots de passe pour Easy Jet et Amazon. Comme s'ils s'étaient échappés de ma tête pour aller dans la sienne et quelque part au vingt et unième siècle il est assis à mes côtés dans un bus qui traverse le pont de Londres et regarde la pluie tomber sur la cheminée de la Tate Modern. Les conversations que j'ai avec lui n'ont rien à voir avec ce siècle mais je lui demande quand même pourquoi il ne m'a jamais réellement parlé de son enfance. Il me répond qu'il espère que ma propre enfance n'a pas été trop pénible et me demande si je me souviens des chatons.

Nos deux chatons (Agnieska et Alicja) étaient restés un peu sauvages et l'un de mes plaisirs d'enfant était de les peigner avec la brosse à cheveux de mon père. Je les installais sur mes genoux et démêlais leurs poils tandis qu'ils ronronnaient et me tapotaient les doigts avec les bourrelets de leurs pattes. Lorsque j'arrivais du côté de leur derrière les poils étaient emmêlés et collés les uns aux autres parce qu'ils étaient encore trop jeunes pour se nettoyer correctement. Parfois je laissais les boules de poils sur le canapé et mon père faisait mine de les avaler. Il ouvrait grand la bouche et feignait d'en avoir englouti une qui restait coincée en travers de sa gorge et le faisait tousser. Mon père passait sa vie à essayer de comprendre pourquoi les gens avaient des chats dans la gorge, un poil dans la main, des fourmis dans les jambes, des poux dans la tonsure… S'ils avaient recraché des boules de poils il les aurait également étudiées.

Non, me dit-il. Je ne les aurais pas étudiées.

Nous tombons d'accord sur le fait que nous avions appris lui et moi à nous débrouiller ensemble. Il lavait mes vestes mes collants et mes tee-shirts, recousait les boutons de mes cardigans, recherchait les chaussettes que j'avais égarées et prétendait que je ne devais pas avoir peur des gens qui parlaient tout seuls dans les transports en commun.

Oui, dit mon père. Ce que tu es justement en train de faire.

Non, réponds-je, ce n'est pas ce que je suis en train de faire. Je ne formule pas mes pensées à voix haute. Ce serait un signe de folie. Personne dans ce bus ne nous entend parler.

Oui, dit-il, mais cela n'aurait aucune importance de toute façon, les passagers parlent beaucoup trop fort dans leurs téléphones portables.

Je possède toujours la serviette de plage qu'il m'avait achetée dans une boutique de souvenirs à Nice. Les mots *Côte d'Azur Nice Baie des Anges* se détachent en lettres ensoleillées sur un fond de ciel bleu. Des petits points noirs représentent les vacanciers sur la plage et plus loin se profile une avenue bordée de palmiers. À droite figure le dôme rose de l'hôtel Negresco. Un drapeau français flotte au sommet sur le tissu éponge bleu. Il ne manque que Kitty Finch avec sa chevelure cuivrée qui lui descend à la taille, attendant que mon père ait lu son poème. Puisque son nom évoque celui d'un oiseau, il est possible qu'elle ait poussé un cri étrange, peut-être un appel au secours à l'intention de mon père, mais je suis incapable de penser à elle ou aux galets que nous avions ramassés ensemble sans avoir aussitôt envie de disparaître et de quitter ce monde en me faufilant dans leurs trous. Je vais donc la remplacer par l'image de mon père en train de marcher dans les rues de la cinquième ville de France, longeant ses monuments et ses statues et achetant un rayon de miel pour ma mère. Nous sommes en 1994 mais mon père (qui a un cornet de glace à la main et non un téléphone portable) se parle à lui-même, sans doute à propos d'une question triste et grave qui concerne le passé. Je n'ai jamais réussi à comprendre où le passé commence et quand il se termine, mais si les villes en dressent la carte à l'aide de leurs statues en bronze à jamais figées dans de nobles postures, il n'en remue pas moins et vient chaque jour me parler à l'oreille.

La prochaine fois que je serai assise dans un bus qui traverse le pont de Londres et que la pluie tombera sur la cheminée de la Tate Modern, il faudra que je dise à mon père qu'en lisant les biographies des gens célèbres je m'intéresse uniquement à la manière dont ils ont échappé à leur famille et passé le reste de leur vie à surmonter leurs origines. C'est pour cela que lorsque j'embrasse ma fille le soir avant qu'elle ne s'endorme et lui souhaite de faire de beaux rêves, elle sait que je suis mue par un bon sentiment mais n'ignore pas, comme tous les enfants, qu'il est impossible que nos parents nous disent à quoi doivent ressembler nos rêves. Ils savent qu'il leur faut rêver en dehors de la vie pour mieux y revenir, parce que c'est toujours la vie qui gagne en dernier ressort. Mais cela ne fait rien, je le lui dis quand même.

Je le lui dis chaque nuit, surtout les jours de pluie.

Table

Vers le large
Préface de Chantal Thomas 7

Une route de montagne à minuit 17

ALPES-MARITIMES, *Juillet 1994*............ 19
Samedi.......................... 21
Dimanche 65
Lundi 75
Mardi 101
Mercredi 129
Jeudi........................... 137
Vendredi 151
Samedi.......................... 173

NINA JACOBS, *Londres, 2011* 183

RÉALISATION : IGS-CP À L'ISLE-D'ESPAGNAC
IMPRESSION : MAURY IMPRIMEUR À MALESHERBES (45)
DÉPÔT LÉGAL : OCTOBRE 2021 - N° 148392 (256818)
IMPRIMÉ EN FRANCE